봄에 부르는 가을 노래

루벤 다리오 시선

Antología poética de Rubén Darío

인천문화재단 AALA 문학총서 06

봄에 부르는 가을 노래

루벤 다리오 시선

김현균 옮김

Antología poética de
Rubén Darío

| 차 례 |

엉겅퀴

Abrojos
1887

2

친구, 뭐라고 했는가?
사랑은 강이라고? 이상할 것도 없지.
분명 강처럼 갈림길에서 지류와 합쳐지고,
환멸의 바다에서 길을 잃을 테니.

6

시인은 자신의 시에 쏟아 부었어,
바다의 모든 진주,
광산의 모든 황금,
동방의 모든 상아,
골콘다¹의 다이아몬드,
바그다드의 보물들,

어느 부호의 보물 상자에 담긴

금은보화.

그러나 시를 짓느라 빵

한 조각조차 갖지 못해

시를 다 쓰고 나서

굶어죽었지.

11

그녀는 검은 옷을 입은 채 내 품에 안겨 울었어.

그녀의 심장 뛰는 소리가 들렸지.

밤색 곱슬머리가 그녀의 목을 뒤덮었고

그녀는 두려움과 사랑으로 온몸을 떨었어.

누구의 잘못이었을까? 밤은 말이 없었지.

이제 그녀와 작별하려던 참이었어. 내가 "안녕!"이라고 말하자,

그녀는 흐느끼며, 내 가슴에 안겼어,

꽃이 만발한 편도나무 가지 아래서.

구름은 밤새 창백한 달의 곁을 지켰고……

이윽고 우리 둘은 슬피 울었지.

13

뭐가 슬퍼 우니? 이해해.
모든 게 끝났어.
하지만 네가 우는 걸
보고 싶지 않아, 나의 사람아.
우리 사랑은 영원히, 영원히……
우리 결혼은…… 결코
너의 화관과
면사포를
훔치러온
그 부랑배는 누구?
하지만 됐어, 말하지 마,
듣고 싶지 않아.
너의 이름은 순수,
그 작자의 이름은 사탄.
네 발 아래의 심연,
너를 밀치는 파렴치한 손. 네가 굴러 떨어지면,
그 사이, 너의 수호천사는
눈물 흘리겠지, 홀로 쓸쓸히.
그런데 넌 왜 그토록 하염없이 우는 거니?…… 아!

그래, 다 이해해……
됐어, 더 이상 말하지 마.

35

아름다운, 커다란 눈망울로
나를 굴복시키는 아름다운 소녀여,
이 부드러운 시구를
그 두 눈에 바친다, 그대 두 눈에.

그건 두 개의 태양, 두 개의 불꽃,
청명한 날의 햇살.
나의 소녀여, 그댄 그 타오르는 불길로
심장을 태우네.

현대의 작가들은 말하지.
총구에 불을 붙여
두개골을 깨뜨리는
번득이는 눈들이 있다고

서정시집

Rimas²
1887

2

내 사랑아, 밤이 오고 있어.
흔들리는 나뭇가지들은
낙엽과 죽은
꽃들에 대해 속삭여.
그대 요정의 입술을 열고,
뮤즈의 언어로 내게 말해주오
그댄 지난날의 행복의
달콤한 이야기를 기억하는가?
난 기억하지! 검은
머리 소녀가
사랑과 고뇌로 가득 차
약속장소에서 몸을 떨고 있었지.
밤의 산들바람에

가을의 향기 흩어지고,
멧비둘기 한 마리 구구구 울던
둥지 흔들렸어.
불타는 갈망과
깊은 애무 사이에서
미남자는 심장이 터질 것 같은
욕정을 느꼈지.
그녀는 울고, 남자는 그녀를 흠보았지만,
입은 붙어서 떨어질 줄 몰랐어……
그 사이에 대기는 날아오르고
향기는 물결쳤지.
흔들리는 가지들은 몸을 숙이고,
마치 낙엽과 죽은
꽃들에 대해 뭔가
속삭이는 듯했어.

10

그대 두 눈엔, 신비.
그대 입술엔, 수수께끼.
그리고 그대 시선에 얼어붙고

그대 미소에 넋 잃은, 나.

14

꿈속의 푸른 새가
이마 위를 가로지르네.
내 가슴엔 봄이 왔는데
내 머리는 새벽녘.
나 빛을 사랑하네, 멧비둘기의 부리,
장미와 초롱꽃,
처녀의 입술
그리고 해오라기의 하얀 목을 사랑하네.
오, 하느님, 나의 하느님!
　　　　　당신이 날 사랑하심을 알겠네⋯⋯

내 영혼 위로 애처로운
검은 밤이 내리네.
난 눈물을 쏟기 위해
밤그늘 깊은 곳을 찾네.
머릿속에는 폭풍우가,

마음에는 심연이,

그리고 파리한 이마엔

신비로운 주름이 있을 수 있음을 아네.

오, 하느님, 나의 하느님!

당신이 날 기망(欺罔)하심을 알겠네.

푸름……

Azul….

1888

봄날 Primaveral

장미의 달[月]. 나의 시편들은
반쯤 피어난 꽃들에서
꿀과 향기를 따기 위해
드넓은 밀림 속을 거닌다,
사랑하는 이여, 오라. 거대한 숲은
우리들의 사원(寺院).[3] 그곳에선
신성한 사랑의 향기 물결치며
떠다닌다. 새는
이 나무 저 나무 날아다니며 새벽에게
인사하듯, 그대의 아름다운 분홍빛 이마에
인사를 건넨다. 웅대한
아름드리 떡갈나무들은
그대가 지나갈 때 반짝이는
초록의 이파리를 흔들고,
마치 여왕이 지나갈 때처럼
가지를 구부려 아치를 만든다.

오, 사랑하는 이여! 달콤한
봄날이다.

*

보라. 그대 눈에 비친 내 눈.
머리카락을 바람에 흩날려라,
태양이 그 금발을 찬란한
야생의 빛으로 적시리니.
그대의 비단 같은 분홍빛 손으로
나의 손을 잡고
웃음 웃어라, 촉촉하게 젖은
싱싱한 자줏빛 입술을 보여라.
내가 시 구절을 들려주면,
그댄 미소를 띠고 귀 기울이리.
혹 나이팅게일 한 마리 날아와
가까이에 앉아
요정과 장미, 별의 이야기 들려준다 해도,
그댄 노랫가락도 지저귀는 소리도 듣지 않으리,
사랑에 빠진 멋진 모습으로 나의 노래에 귀 기울이리,
떨리는 나의 입술 뚫어져라 바라보며.

오, 사랑하는 이여! 달콤한
봄날이다.

                    *

저기 동굴에서 흘러나온 물이
맑은 샘을 이루었다.
그곳에서 새하얀 요정들이
알몸으로 목욕하며 논다.
거품 소리에 맞추어 까르르 웃으며
잔잔한 물살을 가른다.
투명한 물방울 사이로
머리카락 부풀린다.
그녀들은 영광스러운 옛 시절에
판신(神)⁴이 숲에서 지어낸
아름다운 그리스어로 된
사랑의 찬가를 안다.
사랑하는 이여, 난 나의 시에
이 언어로 된 찬가의 구절들 중
가장 수려한 말을 담겠네.
그리고 히블라⁵의 꿀에 적신

그 말을 그대에게 바치리……
오, 사랑하는 이여!
달콤한 봄날에.

*

벌들이 윙윙대며
하얀 햇빛 속을
무리지어 날아간다,
황금의 회오리바람처럼.
낭랑한 물 위로
무지갯빛 잠자리들이
투명한 날개 펼치고
반짝이며 경쾌하게 지나간다.
들어보라. 밀림의 무성한
나뭇잎들 사이에서 황금빛
가루를 체질하는 태양을
사랑하여 매미가 노래한다.
매미 소리가 꽃받침의
영혼과 풀의 향기
지닌 어머니 대지의

바람을 전해준다.

*

그대 저 둥지가 보이는가? 새 한 마리 앉아 있네.
두 마리라네. 암수 한 쌍.
암컷은 하얀 모이주머니를,
수컷은 검은 깃털을 가졌네.
목구멍에서 울리는 새소리,
떨리는 부드러운 날개.
입맞춤하는 입술처럼
부딪는 부리.
둥지엔 노래 가득하다.
오, 시인이여! 새는 보편적인
리라의 전음(顫音)을 품는다.
새는 하나의 현을 퉁긴다.
알을 부화시킨
성스러운 온기여, 축복받으라.
오, 사랑하는 이여!
달콤한 봄날에.

*

달콤한 나의 뮤즈 델리시아[6]가
그리스 항아리를 가져왔다.
설화 석고로 조각된 항아리엔
낙소스 섬[7]의 포도주 가득하다.
시인들에게 제격인
포도주를 마시도록
아름다운 황금 잔도 가져왔는데,
바닥엔 진주가 넘친다.
항아리엔 도도하고
호리호리한 진짜 디아나[8]가
성스러운 알몸으로
사냥하는 자세를 취하고 있다.
반짝이는 술잔에는
키테라 섬[9]의 비너스가
그녀의 애무를 모른 체하는
아도니스[10] 곁에 누워있다.
난 낙소스 섬의 포도주도
아름다운 손잡이의 항아리도,
키프리아[11]가 늘름한 아도니스에게

간청하는 술잔도 원치 않는다.
난 오직 그대의 분홍 입술에서
사랑을 마시고 싶을 뿐,
오, 사랑하는 이여, 달콤한
봄날에!

비너스 Venus[12]

고요한 밤, 쓰디쓴 향수에 잠겼네.
평온을 찾아 호젓하고 시원한 정원으로 내려갔네.
어두운 하늘에선 아름다운 비너스가 반짝이며 떨고 있었지.
흑단(黑檀)에 새겨진 성스러운 황금빛 재스민처럼.

사랑에 빠진 내 영혼에는 동양의 여왕처럼 보였네.
별실 천장 아래서 연인을 기다리거나,
혹은 어깨에 멘 가마에 누워 의기양양하고
빛나는 자태로 너른 세상 유람하는 여왕.

"오, 금발의 여왕이여! —난 애원했네— 내 영혼은 허물을 벗고
그대에게로 날아가 그 불같은 입술에 입 맞추고 싶네,
그대 이마에 파리한 빛을 뿌리는 달무리 속을 떠다니고 싶네,
별의 무아경 속에서 한순간도 그대에 대한 사랑 멈추고 싶지 않
네."
밤공기는 뜨거운 대기를 식히고 있었네.

비너스는, 심연에서, 슬픈 표정으로 나를 바라보았네.

월트 휘트먼 Walt Whitman[13]

철의 나라에 위대한 노인이 살고 있다,
족장처럼 수려하고, 온유하고, 성스러운 노인이.
미간의 위엄 있는 주름엔
고결한 매력으로 지배하고 압도하는 무언가가 있다.

그의 무한의 영혼은 흡사 거울 같고,
그의 지친 어깨는 망토를 걸칠 자격이 있다.
그는 오래된 떡갈나무로 세공한 하프로
새로운 예언자처럼 노래한다.

신의 입김을 호흡하는 사제,
미래의 좋은 시절을 예언한다.
독수리에겐 "날아라!", 뱃사람에겐 "노를 저어라!",
그리고 건장한 일꾼에겐 "일하라!" 말한다.
그렇게 시인은 근엄한 황제의
얼굴로 자신의 길을 간다!

세속적 세퀀티아 외

Prosas profanas y otros poemas[14]

1896

방랑 Divagación

그대 오는가? 그대 한숨소리에 그리스, 로마
그리고 프랑스에서 리라의 황홀경을
연출한 마법의 향기 머금은
한줄기 바람 여기 나에게로 불어오네.

그대 그렇게 한숨 쉬어라! 그대가
대기에 남기는 향기 속 천상의
진미 내음에 벌들 날아올라라,
돌의 신은 깨어나 웃어라.

돌의 신은 깨어나 노래하라,
꽃핀 바쿠스[15]의 지팡이의 영광을,
붉은 입술과 백설 같은 치아를 가진
제희(祭姬)의 의식(儀式)의 몸짓 속에서.

아름다운 닌팔리아에서 신성한 화톳불로,

표범 가죽의 얼룩무늬에서
장미가 불타게 하는 화톳불로
인도하는 의식(儀式)의 몸짓 속에서.

그대, 웃음을 좋아하니 웃어라, 산들바람은
수정처럼 맑은 그대의
웃음소리 가져와 유쾌한
테르미누스[16]의 턱수염 흔들리게 하라.

그대, 숲의 옆쪽을 바라보라, 디아나의
상아빛 허벅지를 희게 물들이는 것을 보라,
성모마리아를 뒤따르는 여신
헤타이라[17]여, 희고 장밋빛인 금발의 누이여.

아도니스를 찾아 지나가라, 그녀의 향기
장미와 감송(甘松)을 즐겁게 한다.
비둘기 한 쌍 그녀를 뒤따르라,
그녀 뒤에는 달아나는 표범들이 있다.

* * *

그댄 그리스어로 하는 사랑을 좋아하는가? 난
정중한 축제를 좇는다, 율동적인 오케스트라의
부드러운 소리에 맞춰, 빛과 땅과
녹색 도금양을 기억하는 축제를.

(사제들이 금발의 후작부인들에게
모험담을 들려준다. 잠에 취한
철학자들은 섬세한 논거로
사랑의 다정함을 옹호하고,

그 사이에 보마르셰[18]가 관의 대리석 위에
비명(碑銘)을 바쳤던 요정이
손에 코린토스[19]의 아칸서스[20]를 들고
초록의 개밀에서 나타난다.

난 그리스인들의 그리스보다
프랑스의 그리스를 더 사랑한다. 그건 프랑스가
웃음소리와 희롱의 울림에 따라,
한없이 달콤한 비너스의 술을 따르기 때문.

피디아스²¹의 여신들보다 글로디온의 여신들이
머리에 화관을 쓴 알몸으로,
더 큰 매력과 부정(不貞)을 보여준다.
몇몇은 프랑스어로 노래하고 나머지는 침묵한다.

베를렌²²은 소크라테스를 뛰어넘고 아르센
우세²³가 늙은 아나크레온²⁴을 능가한다.
파리에서는 사랑과 천재(天才)가 지배한다.
두 얼굴의 신은 그의 제국을 잃었다.

프뤼돔²⁵ 씨와 오메²⁶는 쥐뿔도 모른다.
사이프러스와 파포스, 템페스 그리고 아마툰테스가 있다,
그곳에선 나의 요정 대모의 사랑이
그대의 싱그러운 입술을 내 입술에 포갠다.)

만돌린 소리. 붉은 시동이
붉은 포도주를 나른다. 그대는 사랑하는가,
만돌린 소리와 피렌체의 사랑을?
그대는 『데카메론』의 왕비가 되리.

(시인들과 화가들의 합창이

음란한 이야기를 들려준다. 남정네들은
유쾌한 악의적 미소로 용인하고,
클렐리아는 얼굴을 붉히고, 여주인은 성호를 긋는다.)

혹 독일의 사랑인가? 독일인들이 결코
느끼지 못했던. 하늘빛
그레트헨[27], 월광(月光), 아리아, 나이팅게일의
둥지. 들판 바위 위에

하늘에서 눈처럼 새하얀 달빛 내려와,
로렐라이[28]가 수금(竪琴)의 언어로
밤에게 건네는 희미한 탄식을
흐느끼는 아름다운 여인을 적신다.

푸른 물 위의 기사
로엔그린[29], 그의 백조는 끌로 조각한
떠도는 얼음 덩어리인 양,
목을 구부려 S자를 그린다.

그리고 라인 강가에서 들리는, 신성한
하인리히 하이네[30]의 노래, 신성한

볼프강[31]의 긴 머리카락과 망토,
튜튼족의 포도로 빚은 화이트와인.

혹은 태양 가득한 사랑, 스페인의 사랑,
자줏빛과 황금 넘치는 사랑,
투우소의 피를 먹고 자라는
기이한 꽃, 카네이션이 건네는 사랑,

집시여인들의 꽃, 사랑을 불타게 하는 꽃,
피와 빛의 사랑, 미친 열정이여,
정향(丁香)과 계피향을 발산하는,
상처나 입술처럼 붉은 꽃이여.

* * *

어쩌면 이국적인 사랑……?
그댄 동양의 장미[32]처럼 나를 매혹하고,
비단과 황금, 새틴[33]이 내게 즐거움을 선사한다.
고티에[34]는 중국의 공주들을 흠모했었다.

오, 천 번을 무릎 꿇는 아름다운 사랑이여,

고령토의 탑, 믿을 수 없는 전족(纏足),
찻잔, 거북과 용,
평화로운 초록의 논이여!

날 사랑해다오, 중국어로, 이태백의
낭랑한 중국어로. 난 운명을 해석하는
현자-시인들에 필적하리,
그리고 그대 입술 옆에서 연가를 지으리.

나는 노래하리라, 그대 달보다 더 아름답다고,
하늘의 보물도 그대 부채의
집요한 상아빛 애무를
살피는 보물만큼 호화롭지 못하다고

           * * *

날 사랑해다오, 일본 여인아, 서구의
나라들을 알지 못하는 옛 일본
여인아, 꿈으로 가득한
눈동자를 가진 공주 같은,
신성한 교토에서,

은으로 세공하고 동시에 국화와 연꽃으로
장식한 별실에서, 아직 야마가타[35]의
문명을 알지 못하는 여인이여.

혹은 지고한 신화의 환영(幻影) 속에서
불꽃을 높이 들고, 신비로운
발정으로 온몸을 떨며 성스러운 의식(儀式)을
시작하는 인도의 사랑으로

그 사이에 호랑이와 표범은
날카로운 발톱을 휘두르고, 다이아몬드로
온몸을 휘감은 왕들이 힘센 코끼리에
올라타 빼어난 무희들을 꿈꾼다.

오, 검은 여인아, 예루살렘에서 아름다운
왕이 노래하는 여인[36]처럼 검은 그대여,
발밑에서 장미와 안식의 독미나리
돋아나게 하는 검은 여인아……

끝내, 모든 것을 말하고 노래하는 사랑아,
생명의 나무에 똬리를 틀고 있는,

다이아몬드의 눈을 가진 뱀을
매혹하고 경탄시키는 사랑이여.

그렇게 날 사랑해주오, 세계시민답고,
보편적이며, 광대하고, 유일하고, 하나뿐인 동시에
모두이며, 신비롭고 고명(高明)한, 치명적인 여인아,
날 사랑해다오, 바다이고 구름이며, 물거품이고 파도인 사람아.

그대, 나의 사바 여왕[37], 나의 보물이 되어주오
쓸쓸한 나의 궁전에서 안식하오
잠을 청하오. 난 향로에 불 피우리니.
나의 황금 일각수 옆에서
그대의 단봉낙타는 장미와 꿀을 갖게 되리라.

작은 소나타 Sonatina

공주는 슬픔에 잠겨 있다…… 공주에게 무슨 일이 있는 걸까?
웃음도, 핏기도 잃어버린
딸기 입술에서 한숨이 새어나온다.
공주는 황금 의자에 창백하게 앉아 있다.
청아한 클라비코드[38] 건반은 소리 없고,
꽃병엔 꽃 한 송이 잊힌 채 시들어간다.

정원엔 공작들의 현란한 날갯짓 가득하다.
수다쟁이 시녀는 시시한 얘기 늘어놓고,
빨간 옷의 어릿광대는 발끝으로 선회한다.
공주는 웃지 않는다, 공주는 아무 느낌도 없다.
공주는 유유히 동편 하늘을 나는
흐릿한 미망(迷妄)의 잠자리를 좇는다.

혹시 그녀 두 눈의 달콤한 빛을 보려고
은빛 마차를 멈춰 세운

골콘다나 중국의 왕자를 생각하는 걸까?
아니면 향기로운 장미 섬의 왕을?
아니면 영롱한 다이아몬드의 군주를?
아니면 도도한 호르무즈[39] 진주의 주인을 생각하는 걸까?

아! 장밋빛 입술의 가련한 공주는
제비가 되고 싶다, 나비가 되고 싶다.
가벼운 날개 달고, 하늘 아래로 날아가,
눈부신 햇살의 계단을 올라 태양에 닿고 싶다.
5월의 시로 붓꽃에게 인사를 건네거나,
바다의 우렛소리 위 바람 속으로 사라지고 싶다.

이젠 궁전을 원치 않는다, 은(銀) 실패도,
마법에 걸린 매도, 주홍색 어릿광대도,
일사불란한 푸른 호수 위 백조들도 원치 않는다.
꽃들은 궁중의 꽃[40] 때문에 슬프다,
동쪽의 재스민, 북쪽의 연꽃,
서쪽의 달리아 그리고 남쪽의 장미꽃.

푸른 눈의 가련한 공주!
그녀는 황금에 갇혀 있다, 실크드레스에,

왕궁의 대리석 우리에 갇혀 있다.
창을 하나씩 든 백 명의 흑인들과
잠들지 않는 사냥개와 거대한 용이 감시하고
호위대가 지키는 웅장한 궁전에 갇혀 있다.

아, 허물을 벗고 나비가 되고 싶어라!
(공주는 슬프다. 공주는 창백하다.)
아, 황금과 장미와 상아의 매혹적인 환영(幻影)이여!
여명보다 빛나고, 사월보다 아름다운
(공주는 창백하다. 공주는 슬프다.)
왕자님 계신 나라로 날아가고 싶어라!

"쉿, 쉿, 공주님! —요정 대모가 속삭인다—,
날개 달린 말을 타고 이쪽으로 오고 계세요,
허리춤엔 칼을 차고, 손등엔 새매를 얹고,
본 적도 없이 공주님을 연모하는 행복한 왕자님이.[41]
죽음을 이기고 멀리서 오고 계세요,
사랑의 입맞춤으로 공주님 입술을 불태우러!

마르가리타 Margarita

추모하며……

넌 네가 마르그리트 고티에[42]가 되고 싶어 했다는 걸
기억하니? 우리가 처음 만나 함께 저녁식사를 할 때,
너의 야릇했던 얼굴 아직도 내 마음에 박혀 있어,
다시는 돌아오지 못할 유쾌한 밤이었지.

너의 붉은 자줏빛 입술은
우아한 바카라 잔[43]의 샴페인을 홀짝였지.
너는 손가락으로 흰 데이지 꽃잎을 따고 있었어.
"사랑한다…… 안 한다…… 사랑한다…… 안 한다…" 내가 이
미 사랑에 빠졌다는 걸 넌 알고 있었어!

그 후엔, 아아 히스테리의 꽃! 넌 울다가 웃곤 했어.
난 입술로 너의 입맞춤과 너의 눈물을 받았지.
너의 웃음, 너의 향기, 너의 투정은 나의 몫이었어.

더없이 달콤했던 날들의 어느 우울한 오후,
질투에 사로잡힌 죽음의 신이, 네가 날 사랑하는지 보려고,
사랑의 데이지 꽃잎을 따듯 너를 따버렸어!

내 사람 Mía

너의 이름은 내 사람.
그 이상의 조화로움이 있을까?
내 사람, 한낮의 빛.
내 사람, 장미, 불꽃.

네가 날 사랑한다는 걸 알게 되면
넌 내 영혼에
어떤 향기를 뿌릴까!
오, 내 사람! 오, 내 사람아!

넌 두 개의 청동을 녹이듯,
단단한 나의 성(性)과
너의 성(性)을 하나로 녹였다.

나도 쓸쓸하고, 너도 쓸쓸하다……
그러니 죽는 날까지 내

사람이 되지 않으런?

시인이 스텔라⁴⁴의 안부를 묻다

El poeta pregunta por Stella

루이스 베리소⁴⁵에게

성스러운 백합, 수태고지의 백합⁴⁶,
백합, 꽃핀 왕자,
순결한 별들의 향기로운 형제,
청춘의 보석.

그대에게 공작(公爵) 공원의 하얀 달들을,
백조들의 목을,
천상의 노래의 신비로운 시구를,
성스러운 하늘의 처녀들의 손을.

백합, 봄이 달콤한 입술 자국을
남기는 눈처럼 하얀 입,
그대의 혈관엔 죄 많은 장미의 피가 아니라
이름 높은 꽃들의 지고한 혈청이 흐르네.

숭고한 성체(聖體)와

백진주, 그리고

흰 사제복의 티 없는 아마포의 순백과

함께 태어나는 서정적인 장엄한 백합이여,

그대 혹 리지아[47]의 누이인 나의 스텔라의 영혼이 날아가는

것을 보았는가? 그녀로 인해 나의 노래는 이따금 한없이 슬프네.

백조 El Cisne[48]

샤를 델 구프르에게

바야흐로 인류에게는 신성한 순간이었네.
예전에 백조는 오직 죽을 때만 노래했지.
하지만 백조의 바그너[49]풍 노랫가락 들려왔을 때는
여명이 한창이었고, 다시 태어나기 위함이었네.

인해(人海)의 격랑 위로
백조의 노래 들려오네, 끝없이 들려오네.
게르만의 늙은 신 토르[50]의 망치소리와
아르간티르[51]의 검을 찬미하는 나팔소리 잠재우며.

오, 백조여! 오, 성스러운 새여! 전엔 순백의 헬레네[52]가
더없이 우아하게 레다의 청란(靑卵)에서 태어나
불멸의 미(美)의 공주가 되었다면,

지금은 그대의 흰 날개 아래서 이상(理想)의 화신인
순수하고 영원한 헬레네가 빛과 조화의
영광 속에 새로운 시(詩)를 잉태하네.

회색(G) 장조 교향곡 Sinfonía en Gris Mayor

수은 칠한 거대한 수정 같은 바다에
하늘의 아연 판 비치고,
아득한 새떼들은 창백한 잿빛으로
반짝이는 표면에 얼룩을 만든다.

흐릿한 둥근 유리 같은 태양은
환자의 발걸음으로 천정(天頂)을 향해 걸어가고,
바닷바람은 검은 나팔을 베개 삼아
그늘에 지친 몸을 누인다.

선창 아래서 납빛 배[腹]를 흔드는
파도는 신음하는 것만 같다.
늙은 뱃사람은 파이프를 물고
닻줄 위에 앉아 희미하고, 아득한,
안개 나라의 해변을 생각하고 있다.

노련한 뱃사람은 어느덧 초로의 노인.
브라질의 불타는 햇살에 얼굴을 그을렸고,
중국 바다의 사나운 태풍 속에서
진을 병째 들이켰다.

요오드와 초석 머금은 물거품은
오래 전부터 그의 빨간 코, 그의 곱슬머리,
그의 건장한 근육, 그의 범포 모자,
그의 아마포 작업복을 알고 있다.

노인은 담배 연기에 싸여
아득한 안개 나라를 눈에 그린다.
어느 뜨거운 황금빛 오후에
돛을 펼치고 범선과 함께 떠났던 나라……

열대의 시에스타[53]. 뱃사람은 잠이 든다.
어느덧 회색빛 색조가 사위를 둘러싼다.
곡선을 그리는 수평선의 부드럽고 거대한
목탄연필이 경계를 지워버린 것만 같다.

열대의 시에스타. 늙은 매미는

목쉰 낡은 기타를 퉁기고,
귀뚜라미는 하나뿐인 바이올린 줄로
단조로운 독주(獨奏)를 시작한다.

그대의 리듬을 사랑하라······ Ama tu ritmo...[54]

그대의 리듬을 사랑하라, 리듬의 법칙에 따라,
그대의 시와 마찬가지로, 그대의 행동을 리듬에 맡겨라.
그댄 우주 중의 우주,
그대 영혼은 노래의 샘.

그대가 지닌 천상의 조화는
그대 안에서 갖가지 세상 움트게 하고,
그 조화 울려 퍼질 때 그대의 별자리 안에
그대의 흩어진 숫자들을 대응시키네.[55]

새와 대기의 성스러운
수사(修辭)에 귀 기울여라,
밤의 기하학적 발광(發光)을 헤아려라.

음울한 냉담을 죽여라,
그리고 진실의 함(函)이 뒤엎어지는 곳에

진주를, 수정처럼 맑은 진주를 꿰어라.

나의 사람 Alma mía

나의 사람아, 그대의 신성한 관념 속에 존속하라.
모든 것은 그대의 지고의 운명의 표지 아래 있도다.
흔들림 없이 그대의 길을 가라, 서쪽 끝까지 계속 가라,
그대를 인도하는 스핑크스[56]의 길 따라.

지나는 길에 꽃을 꺾고, 단단한 가시는 두어라.
황금의 강에서 박자를 맞추어 노를 저어라.
투박한 트립톨레모스[57]의 거친 쟁기에 인사하라.
그리고 자신의 꿈을 나눠주는 신처럼 계속 길을 가라……

행복을 북돋우는 신처럼 계속 길을 가라,
그리고 새의 미사여구가 그대에게 아첨하고
하늘의 별들이 그대를 동행하며, 희망의

꽃다발이 봄을 알릴 때,
뱀을 두려워 말고 악의 숲을

주저 없이 가로질러라, 그리고 신처럼 계속 길을 가라……

하나의 형식을 좇지만······ Yo persigo una forma...

나는 내 문체로는 따라갈 수 없는 하나의 형식을 좇네,
장미꽃이 되고자 하는 생각의 싹,
내 입술에 내려앉는 입맞춤으로
밀로의 비너스의 불가능한 포옹을 예고하네.

초록의 야자수들이 하얀 열주랑(列柱廊)을 장식하고,
별들은 내게 여신의 환영(幻影)을 예언했네.
달의 새가 잔잔한 호수 위에서 안식하듯
빛은 내 영혼 속에 잠드네.

내가 찾아내는 건 달아나는 말[言]뿐,
피리에서 흘러나오는 선율의 첫머리,
허공을 항해하는 꿈의 배뿐.

잠자는 미녀의 창문 아래선
졸졸대는 샘물의 흐느낌 그칠 줄 모르고

거대한 흰 백조의 목은 내게 물음표를 그리네.[58]

삶과 희망의 노래

Cantos de vida y esperanza

1905

난 예전엔 오직······
Yo soy aquel que ayer no más decía...

난 예전엔 오직 푸른 시와 세속의
노래[59]만을 불렀던 사람.
그 시절의 밤엔 아침이면 빛의 종달새가
되었던 나이팅게일도 있었다.

난 장미꽃과 떠도는 백조들 가득한,
내 꿈의 정원의 주인이었다.
멧비둘기들의 주인, 호수의 곤돌라와
리라의 주인.

지극히 18세기적이었고, 매우 예스러운 동시에
매우 근대적이었으며, 대담하면서 세계주의적이었고,
강력한 위고[60]와 여성적인 베를렌,
그리고 꿈에 대한 끝없는 갈증을 동시에 지녔었다.

난 어린 시절부터 고통에 대해 알았다.

나의 청춘······ 나의 청춘은 청춘이었나?
그 장미꽃이 아직 나에게 향기를 남긴다,
우수(憂愁)의 향기를······

나의 본능은 재갈 풀린 망아지처럼 뛰쳐나갔고,
나의 청춘은 재갈 풀린 망아지에 올라타
허리춤에 칼을 차고 정신없이 내달렸다.
말에서 떨어지지 않은 건 순전히 선하신 하느님 덕분.

나의 정원에는 아름다운 조각상이 있었다.
대리석으로 알려졌지만 그건 살아있는 육체였다.
한 젊은 영혼이 그 안에 살았다,
감상적이고, 예민하고, 감수성 넘치는 영혼이.

세상 앞에 소심했고, 그래서
말없이 틀어박혀, 오로지
달콤한 봄날, 아름다운 선율이 흐르는
시간에만 나들이를 했다······

낙조와 조심스러운 입맞춤의 시간,
황혼과 은둔의 시간,

마드리갈[61]과 무아경의 시간,
"사랑해", "아아!" 그리고 한숨의 시간.

그때 나팔 피리에서 수정처럼 맑고
신비로운 음계들이 희롱했다,
그리스 목신(牧神)의 가락 다시 들려오고
라틴 음악 사방에 울려 퍼졌다.

그러한 열기와 그토록 생생한 열정으로,
조각상에서 갑자기 생겨났다,
남자다운 허벅지엔 염소 다리가,
그리고 이마엔 사티로스[62]의 두 뿔이.

공고라의 갈라테아[63]처럼
베를렌의 후작부인[64]이 나의 혼을 빼앗았고,
그렇게 나는 신성한 열정에
인간의 관능적인 병적 감수성을 합쳤다.

온통 정열과 갈망, 순수한 감각
그리고 본능적인 활력뿐. 거짓도,
연극도, 문학도 없다……

신실한 영혼이 있다면, 그건 바로 나의 영혼.

상아탑이 나의 갈망을 유혹했고,
나는 나 자신 안에 갇히고 싶었다.
그러나 나 자신의 심연의 어둠으로부터
공간에 허기지고 하늘에 목말랐다.

세상과 육신, 지옥에 의해
온통 고통으로 채워진, 달콤하고
부드러운 나의 가슴은 바다의 정수에서
소금을 가득 머금는 스펀지 같았다.

그러나 하느님의 은총으로, 나의 의식 속에서는
선(善)이 최상의 자리를 선택할 줄 알았다.
나의 존재 안에 떫은 쓸개즙이 있었지만,
예술이 떫은맛을 모두 달콤한 꿀로 바꾸었다.

나는 나의 지성(知性)을 천박한 생각에서 해방시켰고,
카스탈리아의 샘[65]이 나의 영혼을 목욕시켰다.
나의 가슴은 유랑했고 신성한
밀림에서 조화를 가져왔다.

오, 신성한 밀림이여! 오, 신성한 밀림의
성스러운 가슴이 내뿜는
심오한 향기여! 오, 풍요의
샘이여, 그 미덕은 운명을 이기도다!

현실을 어지럽히는 이상적인 숲,
그곳에서 육신은 불타며 살고 프시케[66]는 날아오른다.
아래서 사티로스가 겁탈하는 사이에,
필로멜라[67]는 푸르름에 취해 초록 월계수의 꽃핀

총포(總苞)에서 꿈과 사랑스러운
음악의 진주를 풀어헤친다.
섬세한 힙시필레[68] 장미꽃을 빨고,
파우누스[69]의 입은 꽃자루를 물어뜯는다.

그곳에선 발정난 신(神)이 암컷 뒤를 쫓아가고
판신(神)의 피리 진흙탕에서 솟아난다.
영생이 씨앗을 뿌리고
거대한 전체의 조화 움튼다.

영혼은 그곳에 알몸으로 들어가야 한다,

날카로운 엉겅퀴와 뾰족한 가시 위에서,
욕망과 성열(聖熱)로 부들부들 떨며.
그렇게 꿈꾸고, 그렇게 전율하고, 그렇게 노래한다.

생명, 빛 그리고 진리, 이 삼중의 불꽃은
무한한 내면의 불꽃을 낳는다.
"나는 빛이요 진리요 생명이다!"[70]라는
그리스도의 외침처럼 순수한 예술.

생명은 신비요, 빛은 눈멀게 하고
불가해한 진리는 어둠을 드리운다.
엄밀한 완벽은 결코 주어지지 않고,
이상적인 비결은 어둠 속에서 잠잔다.

그러므로 진실함이 곧 힘이다.
별은 알몸으로 빛나고,
물은 샘에서 흘러나오는 수정 같은 목소리로
샘의 영혼을 노래한다.

황혼과 여명에 미치고
문학의 공포에 사로잡혀,

나의 순수한 영혼으로 별과 청아한 샘을
만드는 것, 그것이 나의 의도였다.

천상의 황홀경을 고취하는
기준을 정하는 푸른 황혼.
바다안개와 단조(短調) — 온통 피리 소리!
그리고 솔[71]의 딸, 아우로라[72] — 온통 리라 소리!

투석기에서 발사된 돌멩이가 지나갔다.
난폭한 자의 뾰족한 화살이 지나갔다.
투석기의 돌은 물결 속으로 사라졌고,
증오의 화살은 바람 속으로 날아갔다.

외유내강의 모습에 미덕이 있다.
내면의 불에 모든 것이 불타고,
원한과 죽음을 무찌른다.
그리고 베들레헴을 향해…… 대상(隊商)이 지나간다!

낙천주의자의 인사 Salutación del optimista

고명(高名)한 풍요의 종족이여, 비옥한 히스파니아[73]의 혈통이여,

우애의 정신, 빛나는 영혼이여, 만세!

영광의 언어들이 새로운 찬가를 노래할

순간이 당도했으니. 광막한 소리 세상을 가득 채우네.

마법 같은 생명의 물결 불현듯 다시 태어나네.

망각은 물러나고, 죽음은 기만당해 뒷걸음질 치네.

새로운 왕국이 선포되고, 행복한 시빌라[74]는 꿈꾸네.

숱한 불행을 쏟아낸 판도라[75]의 상자에서

돌연 천상의 희망이 솟구치네,

성스러운 베르길리우스[76]라면 자신의 시에서 신비하고,

순결하고, 경쾌하다 노래했을 신성한 빛의 여왕이!

고귀한 열정에 사형이나 무기형을 선고했던

너희들의 창백한 나태와 치명적인 불신이여,

이제 너희들은 리라의 승리 속에서 떠오르는 태양을 보게 되리

라,

그 사이 옛 헤라클레스[77]의 영예로운 유해를

빨아들인 두 대륙은 웅대하고 거대한 그림자 불러내며

세상에 말하리라. 히스파니아의 혈통을 역사의 주인으로

만들었던 고매한 덕성이 부활한다고

영원한 불행을 예언하는 입을 저주하라,

불길한 별자리밖에 보지 못하는 눈을 저주하라,

고명한 유적에 돌을 던지고, 횃불이나

자살의 단도(短刀)를 움켜잡는 손들을 저주하라.

세상 깊은 곳에서 소리 없는 기세 느껴지고,

무언가 임박한 운명이 오늘 온 세상을 뒤흔드네.

힘센 거인이 쓰러지고, 쌍두(雙頭)의 독수리들[78] 뿔뿔이 흩어지

네.

지표면에 광대한 사회적 격변이

시작되네. 그런데 그 아래서 로마의 암늑대가

젖을 짜냈던[79] 거대한 떡갈나무 동체에서

잠든 수액이 깨어나지 않는다고 말할 자 누구인가?

스페인의 근력(筋力)을 부정하고 스페인의 영혼은 날개가

부러지고, 눈멀고, 마비되었다고 말할 겁쟁이가 누구인가?

바빌로니아도 망각과 먼지에 묻힌 니네베[80]도 아니어라,

시들지 않는 영원한 긍지의 왕관을 쓴 관대한 나라,

이글거리는 눈길로 여명을 응시하는 나라는
미라와 돌들에 둘러싸여 무덤에 거처하는 나라가 아니어라,
아틀란티스[81]가 묻혀 있는 바다 뒤에
건강하고 힘센 훤칠한 자손들의 합창을 가진 나라도 아니어라.

흩어진 숱한 힘들이여, 단결하라, 빛을 발하라, 서로 협력하라.
모두가 하나 된 만국 동력의 군단(軍團)을 이루어라.
비옥한 히스파니아의 혈통이여, 이름 높은 견고한 종족이여,
일찍이 승리를 구가했던 지난날의 능력을 보여라.
옛 열정이여 돌아오라, 그 열정이 강림할 때
불의 언어를 뿌릴 불타는 정신이여 돌아오라.
서정적인 월계수를 두른 늙은 머리와
우뚝한 미네르비[82]가 장식하는 젊은 머리를 이어 붙여라,
그러면 최초의 할아버지들과 처음으로 밭을 일군
고명한 아버지들의 용장(勇壯)한 영혼들,
봄의 귀환을 알리는 농사의 숨결과
트립톨레모스의 노동을 시작한 이삭들의 소리 들으리라.

하나의 대륙과 또 다른 대륙은 하나 된 정신으로,
하나 된 정신과 갈망과 언어로 옛 가문 되살리며,
새로운 찬가를 노래할 순간의 도래를 보리라,

라틴 혈통은 위대한 미래의 여명을 보게 되리라,
우레처럼 영광스런 음악 울려 퍼지는 가운데,
수백만의 입술들이 동방에서 올 찬란한 빛에 인사하리라,
그 위엄 있는 동방에선 하느님의 영원성이,
무한한 활동이 모든 것을 변화시키고 새롭게 하리니.
그렇게 희망은 우리 안에 영속하는 환영(幻影)이어라,
고명(高名)한 풍요의 종족이여, 비옥한 히스파니아의 혈통이여!

오스카르 왕[83]에게 바치는 시 Al rey Óscar

스웨덴과 노르웨이의 왕은 생장드뤼즈[84]를 방문한
뒤에 엔다예[85]와 퐁트라비를 찾았다. 스페인 땅에
도착했을 때 그는 외쳤다. "스페인 만세!"

『르 피가로』, 1899년 3월

폐하, 그렇게 프랑스의 대기 속에서 우리에게 도착합니다,
스웨덴과 노르웨이의 은빛 비둘기가,
올리브 대신 불타는 장미 한 송이 물어옵니다.

라틴족의 꽃병, 고결한 그리스의 항아리[86]가
눈의 나라[87]의 선물을 받아들일 것입니다.
조국의 바람이 북쪽 왕국들에 또 다른
스페인의 피와 빛의 장미를 실어가길 바라옵니다.
숭고한 형제애의 물결 위로
폐하의 말씀 솟구칠 때, 한낮의 태양이
한밤중의 태양에게 인사를 보내리니!

세히스문도[88]가 슬퍼하면, 햄릿이 걱정합니다.

북쪽은 종려나무를 사랑하고, 피오르드의 시인은

별장의 시인과 합쳐집니다. 바로 그 깃발이

푸른색으로 같으니까요. 그 성스러운 풍요의 뿔이

극지와 회귀선 위에 평화를 뿌리고, 지구는 규칙적인

속도로 자신의 리라인 사랑 주위를

돕니다. 그곳에 시구르트[89]가 나타나 엘시드[90]와 하나가 됩니다.

둘시네아[91] 곁에선 달빛이 반짝이고,

베케르의 몽상의 뮤즈는 스칸디나비아의

빛의 하늘색 망토 아래 사로잡혀 있습니다.

푸른 눈의 폐하여, 망극하옵니다. 영예로운

백 개의 멋진 옷으로 된 월계관, 안달루시아 땅과

무어인의 알람브라[92]를 수놓은 카네이션,

황금 종족의 태양의 피,

옛 갑옷과 무훈의 투구,

드넓은 영광의 숲이었으며 피레네와

안데스를 넘었던 창들,

레판토[93]와 오툼바[94], 페루[95]와 플랑드르[96],

독실한 이사벨 여왕[97], 몽상가 크리스토퍼[98],

화가 벨라스케스[99]와 정복자 코르테스,

헤라클레스가 힘과 희망의 견고한

기둥을 단단히 받치는 동안,[100]
판신(神)이 가라앉는 천둥도 잦아드는 폭풍우도 없는
빼어난 시링가[101]로 리듬을 실어오는 성스러운 나라,
상징적인 사자와 십자가[102], 성은이 망극하옵니다, 폐하.

세상이 숨 쉬는 한, 지구가 도는 한,
다정한 물결이 꿈을 살찌우는 한,
격렬한 열정이, 숭고한 노력이, 소망하는 유토피아가,
성취하기 어려운 위업이, 발견되기를 기다리는
감춰진 아메리카가 존재하는 한, 스페인은 살아 있을 것입니다!

분명 폭풍우 뒤에 폐하께서 위풍당당한 순례자로서
운명이 슬픔에 빠뜨린 거처로 오시리니.
상복 입은 거처가 당신 말씀의 불타는
자줏빛 전율에 문을 열길,
오, 오스카르 왕이여! 잠시 미소 짓길,
더없이 순수한 보석이 황금의 꽃 속에서 전율하길,
왕관과 명성의 광채 위에서
군주의 입술로 인간의 외침을 발하시는 분을 위해!

세 명의 동방박사 Los tres Reyes Magos

"전 가스파르[103]라고 합니다. 여기 유약을 가져왔습니다.
삶은 순수하고 아름답다고 말하러 왔습죠.
하느님은 존재하십니다. 사랑은 드넓어요.
신성한 별이 이 모든 것을 알려주었습니다!"

"전 멜키오르라고 합니다. 저의 몰약은 온 세상을 향기롭게 합
니다.
맞아요, 하느님은 존재하십니다. 그분은 낮의 빛이십니다.
흰 꽃은 진창에 뿌리를 내립니다.
그리고 기쁨 속에는 우수(憂愁)가 있습니다!"

"전 발타사르라고 합니다. 황금을 가져왔어요. 하느님이
존재하신다고 확신해요. 그분은 위대하고 강하십니다.
죽음의 관(冠)에서 반짝이는
순수한 샛별을 통해 이 모든 것을 알았습니다."

"가스파르, 멜키오르, 발타사르, 모두 입을 다무시라.
사랑은 승리하고, 그 축제에 당신들을 초대하리니.
그리스도는 부활하시어, 카오스를 빛으로 만드시고
머리에 생명의 왕관을 쓰시도다."

페가수스 Pegaso[104]

거칠게 날뛰는 말을 타려고
할 때, 내가 말했다. "인생은 순결하고 아름다워라."
나는 말의 생기 넘치는 눈썹 사이로 반짝이는 별 하나 보았네.
하늘은 푸르렀고 난 알몸이었네.

나의 이마 위에서 아폴론[105]의 방패가 빛났고
난 벨레로폰[106]의 발자취를 좇을 수 있었네.
어디든 페가수스의 발이 닿는 정상은 이름 높다네.
힘센 나는 페가수스가 갈 수 있는 곳이라면 어디든 올랐네.

나는 인간의 힘을 지닌 기사(騎士),
낮의 왕의 월계수로 만든 왕관을 쓰고
의기양양하게 머리를 곧추세우네.

나는 다이아몬드 투구 쓴 준마 조련사,
여명을 길잡이 삼아 훨훨 날아가네,

광대한 푸르름 속으로 영원히 전진, 또 전진!

루스벨트[107]에게 고함 A Roosevelt

사냥꾼아, 당신에겐 성서의 말씀이나 월트 휘트먼의
시구를 가지고 다가가야만 할 터!
원시적인 동시에 근대적이며, 단순한 동시에 복잡한,
조금은 워싱턴 같고 또 조금은 니므롯[108] 같은 당신!
당신은 미국이다,
당신은 아직 예수그리스도에게 기도하고 아직 스페인어를
말하며 원주민의 피를 간직한 천진한 아메리카를 유린할
미래의 침략자다.

당신은 당신 종족의 오만하고 강력한 표본,
교양 있고 명민한 자. 톨스토이와는 정반대지.[109]
말을 길들이고 호랑이를 죽일 때
당신은 알렉산드로스[110] 네부카드네자르[111] 왕!
(오늘날의 미치광이들이 말하듯,
당신은 에너지 선생.)

당신은 믿는다, 삶은 불길이고,
진보는 분출이며,
당신의 총탄이 꿰뚫는 곳이
곧 미래라고

      아니다.

미국은 강력하고 거대하다.
그들이 몸을 떨면 안데스의 거대한 척추에는
강한 진동이 지나간다.
당신들이 소리치면, 사자의 포효처럼 들린다.
위고는 이미 그랜트에게 말했지.[112] "별들은 당신들의 것"이라고
(솟아오르는 아르헨티나의 태양[113]은 거의 빛나지 않고
칠레의 별[114]은 떠오르지만……) 당신들은 부유하다.
당신들은 헤라클레스와 마몬[115]을 함께 숭배한다.
그리고 손쉬운 정복의 길을 밝히며,
뉴욕에서 자유의 여신상이 횃불을 높이 치켜든다.

그러나 우리 아메리카, 그 옛날
네사우알코요틀[116] 시대부터 시인을 가졌고,
위대한 바쿠스의 발자취를 간직했으며,
한때 판신(神)에게서 알파벳을 배웠던 아메리카,

별들에게 운명을 물었고, 플라톤을 통해 우리에게

그 이름이 전해지는 아틀란티스를 알았으며,

아득한 태곳적부터

빛과 향기, 사랑으로 살아가는 우리 아메리카,

위대한 목테수마[117]와 잉카의 아메리카,

크리스토퍼 콜럼버스의 향기로운 아메리카,

가톨릭의 아메리카, 스페니시 아메리카,

고결한 쿠아우테목[118]이 "여기엔 장미 침대가 없소"라고

말했던 아메리카, 허리케인에

몸을 떨고 사랑으로 살아가는 아메리카.

앵글로색슨족의 눈과 야만적인 영혼을 가진 자들아, 그 아메리카는 살아있다.

그리고 꿈꾼다. 사랑한다. 진동한다. 태양의 딸이다.

조심해라. 스페인의 아메리카는 살아있다!

사자(獅子) 스페인[119]에서 풀려난 수많은 새끼 사자들[120]이 있다.

루스벨트여, 무쇠 같은 그 단단한 발톱으로

우리를 낚아챌 수 있으려면, 오직 하느님의 뜻으로,

가공할 총잡이, 힘센 사냥꾼이 되어야 할 터.

당신들은 모든 걸 가졌으나 단 한 가지가 부족하도다. 하느님!

신의 탑들이여! 시인들이여! ¡Torres de Dios! ¡Poetas!

신의 탑들이여! 시인들이여!
벌거벗은 볏처럼,
야생의 부리처럼,
거친 폭풍우를 견디는
하늘의 피뢰침이여,
영원의 방파제여!

마법의 희망이 알린다, 조화의
바위 위에서 불충한
세이렌¹²¹이 숨을 거둘 날을.
그대들 기다려라, 우리 아직 기다리리니!

그대들 아직 기다려라.
야수성(野獸性)이 신성한 시(詩)에
대한 증오 속에서 기뻐하고,
종족에서 종족으로 이어져온 치욕이 분출된다.

아래로부터의 반란은
한줌의 선택받은 자들을 겨냥하고,
식인종은 붉은 잇몸과
날카로운 이빨로 그들의 살점을 탐한다.

탑들이여, 깃발에 미소를 놓아라.
그 악과 그 불신 앞에
미풍의 도도한 암시와
바다와 하늘의 평온을 놓아라……

희망의 노래 Canto de esperanza

까마귀 떼의 거대한 비행이 쪽빛 하늘에 얼룩을 만든다.
태곳적 일진광풍이 페스트의 징후를 가져온다.
극동에서는 사람들이 살해된다.

묵시록적인 적(敵)그리스도가 태어났는가?
전조(前兆)가 알려지고 기적이 목격되었으며
그리스도의 귀환이 임박한 듯하다.

대지는 너무도 깊은 고통으로 가득 차
명상에 잠긴 위풍당당한 몽상가는
세상의 심장의 고뇌로 괴로워한다.

이상(理想)을 목매단 자들이 대지를 유린했고,
인류는 사나운 증오와 전쟁의 몰로소스[122]들과 함께
캄캄한 구덩이에 갇힌다.

오, 예수그리스도여! 왜 이리 늦으시나요, 맹수들 위에
빛의 손을 뻗어 당신의 신성한 깃발들이
태양빛에 반짝이게 하지 않고 무얼 기다리시나이까?

불현듯 나타나 실성하고 비탄에 젖은 완고한
숱한 영혼들 위에 삶의 정수를 뿌리시고,
당신의 달콤한 여명으로 어둠의 연인을 잊게 하소서.

오소서, 주여, 당신의 영광을 드러내기 위해.
별들의 떨림과 대재앙의 공포와 함께 오소서.
심연 위에 사랑과 평화를 가져오소서.

몽상가가 바라본 당신의 백마[123]여,
오라. 그리고 멋진 신성한 나팔소리 울려라.
제 심장은 당신 향로의 숯불이 되리니.

헬리오스 Helios[124]

오, 성스러운 소리여!

오, 청아한 소리여!

아침 종달새가 재잘거렸고,

그 수정처럼 맑은 서곡(序曲) 위로,

히페리온[125]이

고삐를 잡은

황금빛 말들이

총총걸음으로 뛰면서 조화로운 음악,

은빛 우렛소리 빚어내고,

청명한 푸르름 속에

불의 발굽으로 장밋빛 발자국을 남기네.

오, 천상의 마부여! 오사[126]와 펠리온[127]

위로 오라, 생동하는 티타니아[128] 위로

떨리는 아침 샛별은 물러가고,

우주가 음악적 시구를 풀어놓기 시작하네.

오라, 오 지배자여, 오 전차를 모는
놀라운 지혜의 소유자여! 오라, 어서 오라,
오, 바람 위를 밟을 때
성스러운 악기를 깨우는
치명적인 사두마차를 모는 용감한
마부여! 율동적인
도약으로 페가수스가 다다른
까마득한 산들의 정상이
진동하네. 그대의 풍요로운 권능의
비상(飛上) 아래서
수많은 독수리들이 선회하네.
천상의 기쁨과 견줄 만한 것이 있다면,
그건 세상의 한복판에 불을 지르는 즐거움.

헬리오스여! 어둠에도 불구하고,
밤과 두려움과 창백한 질투에도 불구하고,
그건 그대의 승리다.
그대가 지나가면, 어둠과 상처와 냉담,
죽음의 형제인 검은 게으름,
독을 품은 증오의 전갈,
그리고 암흑의 황제인 모든 사탄은

가라앉고, 쓰러지네. 또 그대는 장밋빛 여명을 빚어내고,
인간의 의식에 사랑과 선(善)이 거처하게 하며,
모든 예술에 물을 뿌리고, 모든 학문에 축복을 내리네.
또 결투가 벌어지는 악(惡)의 성들을 무너뜨리고,
칠흑 같은 심연의 안개 위에
여명을, 하느님 자신의 깃발을 그리네.

헬리오스여! 하느님의
기수(旗手), 예술의 아버지여,
평화는 불가능하지만 사랑은 영원하여라.
언제나 우리에게 삶의 열망을 다오,
우리가 지옥의 입구를 피해갈 수 있도록
타오르는 횃불의 성스러운 불꽃을 다오

세상의 나라들이 그대의 전차가
날아가는 것을 알아채길, 그리고 그대 전차의 광채 안에서
인간의 심장이 희망을 찾길.
돈키호테의 영혼과 산초 판사129의 육신을
지닌 정신이 꿈의 진리를 향해 날아가길.
이 비루한 삶의 커다란 갈망이
눈에 보이지 않는 지고의 깨달음을 발견하길.

헬리오스여! 우리를 태우는 그대 불길이 우리를 죽이지 않기를!

그대에게 영광 있으라, 사과의 심장과
붓꽃의 하얀 꽃받침을 가진 그대에게,
그대가 뿜어내는 사랑은
감미로운 불과 거룩한 순교로 빚어졌네,
거대한 화산으로,
작은 뼈로,
내가 생각하는 리듬으로,
핏속에서 전율하는 리듬으로,
강렬한 동방으로
그리고 황혼의 멜로디로 빚어졌네.

오, 성스러운 소리여!
잠자는 궁전의 십자가 위로,
쥐뿔도 모르는 자의
무방비의 영혼 위로 지나가라. 운명을 어지럽히지 마라.
오, 청아한 소리여!
인간과 국가, 대륙, 세계가
그대의 풍요로운 전차의 미덕을 기다리네.
황금빛 말들을 다스리는 푸른 마부여!

희망 Spes[130]

비길 데 없는 모욕의 용서자인 예수여,
제 말을 들으소서. 밀알을 뿌리는 분이시여, 당신 성체의
부드러운 빵을 제게 주소서. 광포한 지옥에 맞서,
분노와 육욕을 정화할 은총을 제게 주소서.

말해 주소서, 저를 옥죄는 단말마의 고통에 대한
이 끔찍한 공포가 혐오스런 저의 죄악일 뿐이라고,
죽을 때면 새로운 날의 빛을 찾게 될 것이라고,

그리고 그땐 저의 귀에 "일어나서 걸어라!"[131]라는 음성 들려오
리라고

개선행진곡 Marcha triunfal

저기 행렬이 온다!

저기 행렬이 온다! 이제 맑은 나팔소리 들려온다.

검(劍)은 강렬한 반사광 뿜으며 자신의 존재를 알린다.

저기 강철 같은 용사들의 금빛 행렬이 온다.

이제 새하얀 미네르바와 마르스¹³²로 장식한 아치와

명예의 여신들이 긴 트럼펫 높이 들고 있는 개선문 아래를 지난

다.

영웅적인 장정들의 건장한 손에 들린

깃발들의 장엄한 영광이여.

기사(騎士)들의 무기와 힘찬

전마(戰馬)들이 씹어대는 재갈,

대지를 울리는 발굽, 그리고

호쾌한 장단으로 발걸음을 맞추는 고수(鼓手)가

빚어내는 소리 들려온다.

용맹한 전사들이 그렇게 개선문

밑을 지나간다!

맑은 나팔소리 갑자기 높아지고,
그 쩌렁쩌렁한 노랫소리,
그 뜨거운 합창,
황금빛 우렛소리로
깃발들의 장대한 위엄을 에워싼다.

합창소리는 찬양한다, 투쟁을, 상처 입은 복수를,
억센 말갈기를,
거친 깃털장식을, 장창(長槍)과 창을,
용맹한 진홍색으로 대지를 물들이는
피를,
죽음을 공격하고 전쟁을 다스리는
검은 사자개들을.

황금빛 소리는
영광의 개선(凱旋)을
알린다.
둥지를 품은 산정(山頂)을 떠나,
바람에 거대한 날개 펼치고,

콘도르들이 도착한다. 승리가 도착했도다!

저기 행렬이 지나간다.
노인이 아이에게 영웅들을 가리킨다.
—노인의 턱수염이 어떻게 황금빛
곱슬머리를 흰담비의 털로 둘러싸는지 보라.—
아름다운 여인들은 화관(花冠)을 준비하고,
아케이드 아래로 그녀들의 장밋빛 얼굴이 보인다.
그리고 가장 아름다운 여인이
가장 용맹한 승자에게 미소를 보낸다.
적군의 깃발을 빼앗아온 병사에게 영광을,
부상병에게 영광을, 그리고 적군의
손에 죽은 충직한 병사들에게 영광을!
나팔소리를! 월계관을!

영광의 시기의 고귀한 검들이
병기고에서 새로운 영관(榮冠)과 월계수들에게 인사한다.
—켄타우로스[133]였던 창기병들의 형제인,
곰보다도 더 힘센, 척탄병들의 옛 검들.—

전쟁의 트럼펫이 울려 퍼진다.

대기엔 환호성 가득하고……
그 오랜 검들에게,
지난날의 영광을 상징하는
그 이름 높은 칼들에게……
오늘 쟁취한 새로운 승리를 밝게 비추는 태양에게,
용맹한 젊은이들의 무리를 이끄는 영웅에게,
조국의 깃발을 사랑하는 영웅에게,
칼을 차고 손에 무기를 들고 불멸의 조국을 위해,
붉은 여름의 태양,
살을 에는 겨울의 눈과 바람,
밤과 서리와
증오, 그리고 죽음에 맞서 싸웠던 영웅에게,
개선행진곡을 연주하는 전쟁의 트럼펫이
청동 소리로 인사하도다……!

백조 Los cisnes

후안 R. 히메네스[134]에게

1

방랑하는 슬픈 몽상가들이 지나갈 때
오 백조여, 그댄 굽은 목으로 무슨 신호를 보내는가?
왜 그댄 그토록 새하얗고 아름답고 고요하며,
호수엔 그토록 포악하고, 또 꽃들엔 그토록 무심한가?

그 옛날 푸블리우스 오비디우스 나소[135]가 그대에게
라틴어 시구로 인사했던 것처럼 나 지금 그대에게 인사하네.
똑같은 나이팅게일들이 같은 소리로 지저귀네.
서로 다른 언어로 같은 노래를 부르네.

그대들에게 나의 언어가 낯설 리 없네.
그대들은 아마도, 언젠가, 가르실라소[136]를 보았을 터……
난 아메리카의 아들이요, 스페인의 손자라네……

케베도[137]는 아랑후에스[138]에서 시(詩)로 그대들에게 말할 수 있었네……

백조들이여, 그대들의 상쾌한 날개 부채로
창백한 이마에 티 없이 순결한 애무를 해다오,
그리고 그림 같은 그대들의 흰 자태로 우리의
울적한 마음에서 어두운 생각들을 몰아내다오.

북쪽의 바다안개가 우리를 슬픔으로 가득 채우고,
우리의 장미는 시들고, 우리의 야자수는 고갈되어 가네.
우리의 머리에선 꿈이 거의 사라지고,
우린 가련한 영혼의 걸인들이네.

저들[139]은 사나운 독수리들을 앞세워 우리에게 전쟁을 선포하고,
예전의 매들은 말아 쥔 원래의 손으로 되돌아오네.
그러나 그 옛날의 영광스러운 낮은 번득이지 않고,
로드리고[140]도, 하이메[141]도, 알폰소[142]도, 누뇨[143]도 없네.

위대함을 만들어낼 활력이 부족하니,
우리 시인들은 그대의 호수를 찾는 것 말고 뭘 할 수 있겠나?
월계수가 없으니 장미는 더없이 감미롭네.

승리가 없으니 즐거운 일이나 찾아 나서자.

스페인 전체가 그렇듯 스페니시 아메리카는
숙명적으로 동방에 고정되어 있네.
나는 미래를 기다리는 스핑크스에게 묻는다,
그대의 신성한 목의 물음표로.

우리는 흉포한 야만인들에게 굴복할 것인가?
우리 수백만의 사람들이 영어를 말하게 될까?
이젠 하급 귀족인 이달고[144]도 용맹한 기사도 없는 것인가?
우리는 훗날 탄식하기 위하여 지금 침묵할 것인가?

백조들이여, 환멸 속에서도 충직했던
그대들 가운데에 나의 외침을 던졌노라.
그 사이에 아메리카의 망아지들이 달아나고
노쇠한 사자[145]가 마지막 숨을 몰아쉬는 소리 들리네……

……검은 백조가 말했네. "밤이 깊으면 새벽이 가깝다."
그러자 흰 백조가 말했네. "여명은 영원하다, 여명은
영원히 죽지 않는다!" 오, 태양과 조화의 땅이여,
판도라의 상자는 아직 희망을 간직하고 있도다!

2

라파엘 누녜스[146]의 죽음에 부쳐

나는 무엇을 아는가?[147]

사상가가 검은 배에 도착했고,
백조들의 눈은
그가 신비한 호수의 안개 속으로
가라앉는 것을 보았네.

이름 높은 백합과 슬픈 이마
위에 뒤얽힌 월계수와 가시가
그가 걸친 시인의 망토를
알아보았네.

멀리 영원한 평화가 거처하는
신의 도시의 성벽들이
높이 치솟고 있었네. 검은 배는
고대하던 해안에 닿았고, 숭고한

영혼은 지고의 은총을 누렸네.
오, 몽테뉴여! 뉴네스는 십자가가 우뚝 서는 것을 보았고
신성한 승리자의 발 아래서
얼어붙은 스핑크스의 시체를 발견했네.

3

오, 백조여!, 잠시 나의 갈망을 레다를
품었던 그대의 두 날개의 갈망과 합치리다.
그러면 그대 아직 비단옷을 입은, 나의 무르익은 꿈에게
디오스쿠로이[148]를 대신해 하늘의 영광을 말하리라.

가을이다. 피리의 위로가 뒹군다.
오, 백조여!, 잠시 어두운 가로수 길에서
신중함의 미덕이 내게 금하는 것을 두 입술로 마시고,
근심과 질투는 씹어 삼키리라.

백조여, 나 잠시 그대의 하얀 날개를 가지겠네.
그러면 그대의 달콤한 품속 장밋빛 심장은
한결같은 피로 나의 심장에서 고동치리라.

사랑은 행복하리라, 다이아몬드의 샘이 리듬을
감추는 사이 숨어서 위대한 판신(神)을
노리는 환희가 전율하리니.

4

무엇보다, 그대에게 영광 있으라, 레다여!
신께서 그대의 감미로운 배[腹]를 비단으로
덮었도다. 미풍 위의 꿀과 황금!
피리와 수정, 판신(神)과 샘이
번갈아 울리고 있었네.
대지는 노래였고, 하늘은 미소였다!

하늘의 지고한 행위 앞에서,
신들과 야수들은 협정을 맺었네.
종달새에게는 낮의 햇빛이 주어졌고,
부엉이들에게는 지혜가,
그리고 나이팅게일에게는 멜로디가 주어졌네.
사자들에게는 승리가,
독수리들에게는 일체의 영광이,
그리고 비둘기들에게는 완전한 사랑이 주어졌네.

그러나 그대들은 신성한
왕자들이네. 배처럼 여기저기 떠돌고,
아마포처럼 티 없이 맑고,
새들처럼 경이로워라.

그대들의 부리는 순결한 산호 목걸이를
보여주는 옷들을 걸쳤네.
그대들은 디오스쿠로이가 하늘 높은 곳에서
가리키는 오솔길을 가슴으로 여네.

영원불멸한,
그대들의 행위의 품격은
그 행위가 정확한 리듬, 꿈의
목소리, 신화의 불빛이 되게 하네.

그대들은 위엄 있는 긍지의 축도여라.
오, 하얀 조화의 유리상자여!
하늘빛 우수로
신(神)이 생명을 부여하는 상아빛 보석이여.

숲속의 샘 옆에서,

레다의 새하얀 허벅지 사이에
늘어뜨린 빛나는 목을
사랑했다는 우울함이여.

열대의 오후 Tarde del trópico

.

쓸쓸한 잿빛 오후.
바다는 벨벳 옷을 걸치고
그윽한 하늘은 상복을
입는다.

심연에서 청아하고 비통한
탄식소리 솟아오르고,
바람이 노래할 때, 파도는
울음 운다.

바다안개의 바이올린,
사위어가는 태양에게 인사하고,
흰 물거품은 노래한다:
미제레레!149

하늘의 조화 넘치고,

산들바람은 바다의 깊고
쓸쓸한 노래
실어가리라.

수평선의 트럼펫에선
산(山)의 목소리가
진동하듯, 진기한 교향곡
솟아난다.
마치 눈에 보이지 않는 것처럼……
무시무시한 사자가
내뱉는 거친
포효처럼.

야상곡 Nocturno

나의 고뇌를 시로 노래하고 싶네, 가버린 내 젊음을,
장미와 몽상의 시절을,
한없는 고통과 소소한 근심으로 인한
내 삶의 씁쓸한 낙화(洛花)를.

어슴푸레 보이는 배를 타고 떠난 아득한 동방으로의 항해를,
그리고 모독 속에서 꽃핀 기도의 씨앗을,
웅덩이 사이에서 안절부절 못하던 백조를,
역겨운 보헤미안의 밤의 거짓 푸르름을.

침묵과 망각 속에서 결코 나의 꿈에게 숭고한 소나타도,
주인 잃은 일엽편주도, 이름 높은 나무도, 감미로운
은빛 밤이 온화하게 만든 검은 둥지도
주지 않았던 아득한 클라비코드를……

싱그러운 풀냄새 풍기는 희망을,

봄날 아침 나이팅게일 지저귀는 소리를,
치명적인 운명에 꺾인 흰 백합을,
행복의 탐색, 악의 추구를……

생명 대신 내면의 고통을 빚어낼
성스러운 독이 담긴 음산한 암포라[150]를,
우리 인간의 진창에 대한 무서운 자각을,
스스로를 덧없는 존재로 느끼는 공포, 간헐적으로

불안에 휩싸여 피할 수 없는 미지의 것을 향해
더듬이질로 걸어가는 공포를, 이
탄식의 잠을 괴롭히는 지독한 악몽을,
이 악몽에서 우리를 깨울 사람 그녀밖에 없어라!

봄에 부르는 가을 노래

Canción de otoño en primavera[151]

G. 마르티네스 시에라[152]에게

젊음이여, 신성한 보물이여,
이제 너 돌아오지 못할 길 떠나는구나!
울고 싶을 때 울지 못하고……
때론 울고 싶지 않은데 눈물이 난다.

나의 하늘빛 사랑 이야기는
헤아릴 수 없이 많았지.
그녀는 슬픔과 고통 가득한
이 세상에서 달콤한 소녀였네.

그녀의 눈길은 맑은 새벽 같았고,
한 송이 꽃처럼 미소 지었지.
그녀의 검은 머리는
밤과 고통으로 빚어졌었네.

난 어린아이처럼 수줍었지.
내 사랑이 흰담비처럼 보드라웠다면,
그녀는, 태생적으로,
헤로디아와 살로메[153]였네⋯⋯

젊음이여, 신성한 보물이여,
이제 너 돌아오지 못할 길 떠나는구나⋯⋯!
울고 싶을 때 울지 못하고,
때론 울고 싶지 않은데 눈물이 난다⋯⋯

또 한 여인은 더 큰 위로를 주고
더 살갑고 감정도 풍부했지.
그리고 더 예민한 성격이었어.
만나리라고는 꿈에도 생각하지 못한 그런 여인이었네.

그런데 끝없이 샘솟는 그녀의 다정함에
격렬한 열정이 합쳐졌네.
음탕한 여인이 순결한
페플로스[154]에 감싸였네⋯⋯

그녀는 내 꿈을 품에 안고

어린아이처럼 얼렀지……
그러고는 빛도 부족하고 믿음도 부족한
애처로운 그 조그만 꿈을 뭉개버렸네……

젊음이여, 신성한 보물이여,
넌 돌아오지 못할 길 떠났구나!
난 울고 싶을 때 울지 못하고,
때론 울고 싶지 않은데 눈물이 난다……

또 다른 여인은 내 입술을
자신의 정념(情念)의 상자처럼 여겼고
이빨로, 미친 듯이,
내 가슴을 물어뜯었지.

그녀가 원한 건
과도한 사랑이었어.
그러나 영원은 포옹과
입맞춤으로 이루어지는 것.

우린 언제나 가벼운 육체의
낙원을 그린다네,

봄도 육신도 언젠가는
스러짐을 생각지 못하고……

젊음이여, 신성한 보물이여,
이제 너 돌아오지 못할 길 떠나는구나!……
난 울고 싶을 때 울지 못하고,
때론 울고 싶지 않은데 눈물이 난다!

숱한 나라, 숱한 땅에서
인연을 맺은 다른 여인들!
비록 나의 시(詩)에 영감을 주진 못했지만,
언제나 내 가슴의 환영(幻影)이라네.

난 슬픔 속에 기다리는
공주155를 헛되이 찾아 헤맸지.
삶은 힘겹고, 신산하고, 괴로운 것.
이젠 노래할 공주가 없네!

그러나 완고한 시간 앞에서도,
사랑의 갈증은 끝을 모르고,
난 희끗희끗한 머리로 살금살금

정원 장미밭에 다가가네……

젊음이여, 신성한 보물이여,
이제 너 돌아오지 못할 길 떠나는구나!
난 울고 싶을 때 울지 못하고……
때론 울고 싶지 않은데 눈물이 난다……

허나 황금빛 여명은 나의 것!

클로버 Trébol

1

루이스 데 공고라[156]가 디에고 벨라스케스에게

그대 영광의 광채가 영원히
지지 않는 태양, 생동하는 빛의 불사조,
불타는 불사조, 비길 데 없는 회화의 다이아몬드가
될 것임을 예언하는 동안,

그대 이름은 스페인의 검은 옷 위에서
보석처럼 빛나고,
질투의 화신은 지친 이빨을 깨뜨리고,
오비디우스는 그 비통함을 한탄하네.

난 어둠에 싸인 제단에서 어스름을 통해
신성한 불길 속 그대를 바라보네,

돈 디에고, 그대의 뜨거운 우정으로,

빛의 조화, 빛의 영혼과
희롱하며, 그대 붓의 유희가
내 초상[157]의 영혼을 갑절로 살찌운 날을.

2

디에고 벨라스케스가 루이스 데 공고라에게

황금빛 영혼, 황금빛 가는 목소리,
나에게로 올 때, 그댄 왜 한숨 쉬는가?
이제 고상한 리라의 코러스
그대의 품격을 찬미하는 전주곡을 시작하네.

이제 고상한 코러스의 신비한 소리
켄타우로스의 기괴한 분노 잠재우고,
그대가 불어넣는 새로운 열정에
안젤리카와 메도로[158] 다시 서로 사랑하네.

명예의 신은 테오크리토스[159]와 푸생[160]에게

최고의 월계관을 주리라,
그리고 세르반테스는 『돈키호테』를,

나는 보석 빛을 내는 화포(畵布)를 주는 곳에,
루이스 데 공고라를 위해
폴리페모¹⁶¹가 새로운 야자수를 가져오리라.

3

벨라스케스여, 성스러운 페가수스 "별을 뜯고"¹⁶²
그대의 히포그리프¹⁶³인 포르투나¹⁶⁴ 밤을 지새우는 동안,
천상의 공원에선 루나¹⁶⁵가 공고라의 백조에게서
고운 데이지 꽃잎을 따네.

벨라스케스여, 독수리들의 요람인 탑처럼
그대의 성(城) 예술의 길에 높이 세워지고,
공고라여, 순금으로 세공한 나이팅게일의 새장처럼
그대의 성(城) 푸른 하늘 높이 솟아오르네.

그런 예술가들을 가진 반도는 영광스러워라.
여기엔 코린토스의 청동, 저기엔 이오니아¹⁶⁶의 대리석!

벨라스케스에겐 장미를, 공고라에겐 카네이션을.

떡갈나무들엔 나이팅게일과 독수리 가득하고,
안젤리카가 시녀들[167]에게 미소 지으며 지나갈 때,
월계수 숲에서 아홉 명의 뮤즈가 나타나네.

레다 Leda

어둠 속 백조는 눈[雪]으로 빚은 것만 같다.
먼동이 터오는 새벽, 그 부리는 호박으로 빚어졌다.
찰나처럼 지나가는 고요한 여명이
하얀 날개를 빛으로 붉게 물들인다.

그리고 여명이 아침노을을 잃은 뒤,
푸른 호수의 물결 속에서,
날개를 펼치고 목을 구부린
백조는 태양을 뒤집어쓴 채 은으로 빚어졌다.

사랑에 상처 입은 지고한 새여,
비단 깃털을 부풀리고
부리로는 꽃 핀 입술 찾으며 청아한
물에서 레다를 범할 때의 자태가 그러하다.

정복당한 알몸의 미녀는 한숨을 쉰다.

그 사이 그녀의 탄식 소리 공중으로 사라지고,

울창한 녹색의 숲 깊은 곳에서

판신(神)의 두 눈 어지럽게 번득인다.

전조(前兆) Augurios

오늘 내 머리 위로
독수리 한 마리 지나갔다.
날개에는
폭풍우를 실었고,
발톱의 번쩍이는
번갯불은 공포를 일으킨다.
오, 독수리여!
내게 강인함을 다오,
하늘의 분노에서,
가슴 아린 지상(地上)의 비참함까지,
인간의 수렁에서
사악한 태풍의
세찬 비바람을 견딜 수 있는
날개와 힘을 다오

이마 위로
부엉이 한 마리 지나갔다.
난 미네르바와
장엄한 밤을 떠올렸다.
오, 부엉이여!
내게 그대의 영원한 침묵을 다오,
밤을 응시하는 그윽한 눈을,
죽음 앞에서의 평온함을.
내게 그대의 밤의 제국을 다오,
천상의 지혜를,
하나이면서도 동시에 동쪽과 서쪽을 바라보는
야누스[169]의 머리 같은 그대의 머리를.

날개로 나의 입술을 스칠 듯
비둘기 한 마리 지나갔다.
오, 비둘기여!
내게 구구구 울 줄 아는
그대의 깊은 매력을 다오, 무지갯빛
들판, 햇살 가득한 들판에서의
음탕함을, 성스러운 행위를
할 때의 놀라운 격정을.

(또 자연의 공평함을 내게 다오,
그러면
그대가 사악하고
염소가 순결할지니.)

커다란 매 한 마리 지나갔다. 오, 매여!
내게 그대의 긴 발톱을 다오,
바람을 가르는 날렵한 날개를,
날쌘 다리를,
먹잇감의 살점을
깊이 파고드는 발톱을.
그대는 멋지게 선회하며
나의 매 사냥에 나서고,
내게 가져오리라,
이름 높은 진기한 작품들을,
고동치는 생각을,
피투성이 영혼을.

나이팅게일이 지나간다.
아, 신성한 학자여!
내게 아무것도 주지 마오 난 이미 그대의 독(毒),

그대의 낙조(落照),
그대의 달밤과 그대의 리라,
그대의 서정적인 사랑 가졌네.
(그러나 난 그대의
은밀한 친구,
그댄 달의 묘약 담긴
내 고통의 잔에,
하느님의 천상의 방울들
수없이 건넸으니……)

박쥐 한 마리 지나간다.
파리가 지나간다. 말파리다.
석양의 벌 한 마리.
아무 일도 없다.
죽음이 닥쳤을 뿐.

멜랑콜리 Melancolía

도밍고 볼리바르[170]에게

그대, 빛을 지닌 형제여, 내게도 빛을 다오
난 앞 못 보는 장님. 어둠 속을 더듬으며 정처 없이 길을 가네.
꿈에 눈멀고 조화(調和)에 미쳐
광풍과 폭풍우 아래를 걸어가네.

꿈꾸는 것. 그것은 나의 병(病). 시(詩)는
영혼 위에 걸친, 잔혹한 가시투성이
철갑옷. 피투성이 가시들에 찔려
나의 멜랑콜리 방울방울 떨어지네.

그렇게 눈먼 미치광이로 이 신산한 세상을 떠도네.
때론 그 길이 한없이 멀어 보이고,
때론 한없이 짧아 보이네……

이렇게 활기와 고뇌 사이에서 주저하며,

고통으로 가득한 짐 견딜 수 없네.
그대, 나의 멜랑콜리 방울방울 떨어지는 소리 들리는가?

알렐루야! ¡Aleluya!

마누엘 마차도[171]에게

분홍 장미와 백장미, 녹색의 가지들,
싱싱한 꽃부리와 싱싱한
꽃다발, 기쁨이여!

따스한 나무의 둥지,
따스한 둥지의 새알,
달콤함, 기쁨이여!

금발 소녀의
입맞춤과 갈색 소녀의 입맞춤,
흑인 소녀의 입맞춤, 기쁨이여!

열다섯 어린 소녀의

아랫배, 그녀의 조화로운
두 팔, 기쁨이여!

순결한 밀림의 숨결,
순결한 암컷들의 숨결,
감미로운 여명의 시(詩),
기쁨, 기쁨, 기쁨이여!

가을에 De otoño

난 안다, 왜 이젠 지난날의 그 조화로운 광기로
노래하지 않느냐고 말하는 사람들이 있음을.
그들은 보지 못한다, 시간의 심오한 작업과
찰나의 노고, 그리고 세월의 경이를.

나 비록 가련한 고목이지만, 자라기 시작했을 때는
산들바람의 사랑 속에 달콤한 소리 어렴풋이 만들어냈지.
허나 이제 젊은 미소의 시절은 가버렸다.
폭풍이 나의 가슴을 뒤흔들게 내버려 다오!

나도 사랑하고, 그대도 사랑하네 Amo, amas

사랑, 사랑, 사랑, 영원히 사랑하라,
온몸으로, 하늘만큼 땅만큼,
태양의 밝음과 진흙의 어두움으로,
불타는 지혜로 사랑하라, 불타는 열망으로 사랑하라.

인생의 산(山)이 심연으로 가득하다 해도,
또 아무리 험하고 멀고 높다 해도,
사랑으로 불타는 광대함을 사랑하라,
하나로 결합된 우리들 가슴 속에서 타올라라!

야상곡 Nocturno

마리아노 데 카비아[172]에게

밤의 심장을 청진했던 그대들,
지독한 불면 속에서 문 닫히는 소리,
아득한 차량 소리, 희미한 메아리,
가냘픈 소리 들었던 그대들……

잊힌 자들이 감옥에서 되살아나는
신비로운 침묵의 순간들에,
사자(死者)들의 시간에, 안식의 시간에,
그대들은 괴로움 가득한 이 시구들을 읽을 줄 알리니!

잔에 따르듯, 시구들 속에 아스라한 추억의
고통과 음산한 불행을 부어넣는다.
꽃에 취한 내 영혼의 슬픈 노스탤지어를,
계속되는 연회(宴會)를 슬퍼하는 내 가슴의 고통을.

더 이상 지난날의 내가 아니라는 비애를,
나를 위해 존재하던 왕국의 상실을,
한순간 내가 세상에 태어나지 않았을 수도 있었다는 상념을,
그리고 내가 태어난 뒤로 나의 삶의 전부인 꿈을!

이 모든 것은 밤이 지상의 환영(幻影)을
감싸는 깊은 침묵의 한가운데서 오고,
마치 세상의 심장의 메아리가 나 자신의
심장을 파고들어 흔드는 것만 같다.

저 멀리 Allá lejos

어린 시절, 열대의 조화 가득한 풍요로운 농장,
불타는 황금의 니카라과 태양 아래서,
어느 날 입김을 내뱉으며 보았던 황소
바람 소리, 도끼 소리, 새와 야생 황소
소리 낭랑한 숲의 비둘기.
나 그대들에게 인사를 보낸다, 그대들은 나의 생명이니.

육중한 황소여, 넌 젖소의 젖을 짜라고
손짓하던 달콤한 새벽을 떠올려준다.
그때 나의 존재는 온통 희고 장밋빛이었지.
그리고 그대, 구구 우는 멧비둘기여,
지나간 나의 봄에
그댄 신성한 봄날의 전부라네.

숙명 Lo fatal

레네 페레스[173]에게

감각이 무딘 나무는 행복하다.
아무것도 느끼지 못하니 단단한 돌은 더 행복하다.
살아있다는 고통보다 더 큰 고통 없고
의식하는 삶보다 더 큰 괴로움 없으리니.

존재하지만 아무 것도 모른 채 정처 없이 헤맨다,
지나간 날들의 공포와 다가올 미래의 두려움……
내일이면 죽어 있으리라는 섬뜩한 공포
삶 때문에, 어둠 때문에 그리고 우리가

알지 못하고 거의 상상할 수도 없는 것 때문에 아프다.
싱싱한 포도송이로 유혹하는 육체,
음산한 나뭇가지 들고 기다리는 무덤.
아, 우리가 어디로 가는지,
또 어디서 왔는지 알지 못한다!……

방랑의 노래

El Canto errante
1907

윤회 Metempsícosis

난 클레오파트라 여왕의 침대에서
잠잤던 병사. 그녀의 백옥 같은 몸과
전지전능한 별의 눈빛.

그게 전부였다.

오, 그 눈빛! 오, 그 백옥 같은 몸!
오, 백옥 같은 몸이 눈부시게 빛나던 그 침대!
오, 전능한 대리석 장미!

그게 전부였다.

그녀의 등뼈가 내 품에서 으스러졌고,
해방노예인 나는 그녀가 안토니우스[174]를 잊게 만들었다.
(오, 침대와 눈빛과 백옥 같은 몸이여!)

그게 전부였다.

나 루푸스 갈루스는 병사였고 갈리아[175]의

혈통이었다. 위풍당당한 송아지가
나에게 그 견딜 수 없는 욕망의 대담한 순간을 주었다.
그게 전부였다.

그 경련 속에서 내 청동 손가락은
왜 희롱하는 새하얀 여왕의
목을 움켜잡지 못했던가?
그게 전부였다.

나는 이집트로 끌려갔다. 목덜미에
쇠사슬이 채워졌고, 난 어느 날 개의
먹이가 되었다. 내 이름은 루푸스 갈루스
그게 전부였다.

아아! ¡Eheu![176]

여기, 라티움[177]의 바닷가에서,
나 진실을 말하노니,
바위와 올리브유, 포도주에서
나의 노쇠함을 느낀다.

아! 아뿔싸, 난 얼마나 나이 들었나.
아, 얼마나 나이 들었단 말인가!……
나의 노래는 어디에서 오는가?
그리고 난 어디로 가나?

나 자신을 안다는 것,
언제, 어떻게 같은 물음들은
벌써 숱하게 나를
심연의 늪에 빠뜨렸다.

이 라티움의 투명함은

내가 나의 자아와 비아(非我)의
광산에 들어가는 데
무슨 소용이 되었던가?……

난 행복한 몽상가[178],
바람과 대지와
바다의 비밀을
해석할 수 있다고 믿는다……

존재와 비존재의
막연한 비밀,
그리고 지금과 어제의
의식의 파편들.

사막 한가운데인 듯
난 애원하기 시작했다.
그리고 죽은 사람처럼 태양을 응시했고
울음을 터뜨렸다.

야상곡 Nocturno

밤의 침묵, 고통스러운 밤의

침묵⋯⋯ 내 영혼은 왜 그처럼 떠는 걸까?

윙윙거리는 내 피의 소리 들리고,

두개골 안에선 가벼운 폭풍이 인다.

불면! 잠 못 이루지만, 그러나

꿈을 꿀 수는 있다. 영혼을 해부하는

혼자만의 연극, 내 안에 있는 나만의 햄릿이여!

밤의 와인 속에

경이로운 어둠의 유리잔 속에

나의 슬픔 녹인다⋯⋯

난 스스로 묻는다. 새벽은 언제쯤 올까?

문 하나가 닫혔다⋯⋯

행인 한 명이 지나갔다⋯⋯

시계가 세 시를 쳤다⋯⋯ 새벽이면 좋으련만!⋯⋯

안토니오 마차도 Antonio Machado[179]

그는 언제나
말없이 신비로웠네.
그 눈길은 너무도
깊어 거의 보이지 않았네.
말할 때는 수줍고도
당당한 말투 드러냈네.
또 그 사유의 빛은
거의 항상 불타올랐네.
그는 신실한 사람처럼
그윽하게 빛났네.
동시에 천 마리 사자와
양을 기르는 목동 같았네.
그는 폭풍우를 인도하거나,
혹은 달콤한 벌집을 가져왔으리.
생명과 사랑과
쾌락의 경이.

그 자신만의 비밀 지닌
심오한 시구로 노래했네.
어느 날 그는 진기한 페가수스 타고
미지의 나라로 떠났네.
안토니오를 위해 나의 신들에게 비오니,
언제나 그를 구하소서. 아멘.

가을의 시 외
Poema del otoño y otros poemas
1910

가을의 시 Poema del otoño

마리아노 미겔 데 발[180]에게

한 손으로 수염을 쓰다듬으며
생각에 잠긴 그대,
형제여, 그댄 세상의 꽃이
가버리도록 내버려두었는가?

그대는 헛된 탄식으로
지난날을 한탄한다.
그러나 내일에
아직 쾌락의 약속이 있다!

아직 그대는 향기로운 장미와
백합을 하나로 엮을 수 있고,
그대의 도도한 잿빛 머리를
위해 도금양이 있다.

지친 영혼은 자신에게 기쁨을
주는 존재를 잔인하게 희생시킨다,
앙골라의 여왕, 검은 탕녀
징가[181]처럼.

그대는 유쾌한 시간을 즐겼고,
그 후에 무시무시한
전도서의
저주를 듣는다.

사랑의 일요일은 그대를 매혹한다.
그러나 재의 수요일이
어떻게 도착하는지 보라.
인간이여, 기억하라[182]……

그리하여 영혼들은 꽃이 만발한
산으로 향하고,
비로소 우린 아나크레온과
오마르 카이얌[183]을 이해할 수 있다.

사람들은 악(惡)에서 도망치다가,

돌연 악(惡)으로 들어간다,
인공낙원의
문을 통해.

그러나 인생은 아름다워라,
진주와 장미, 별
그리고 여인을
품을 수 있으니.

샛별은 반짝이고 목쉰 바다
노래한다. 또 실바누스[184]는
푸른 너도밤나무 뒤로
모습을 감추고 시야에서 사라진다.

봄의 감미로움이 삶을
감쌀 때,
우린 순수하고
투명한, 진짜 삶을 느낀다.

창백한 분노가 파충류 같은
몸을 비비 꼰다 해서,

비열한 질투와 모욕이
무슨 소용이란 말인가?

배은망덕한 자들의
불길한 증오가 무슨 소용이란 말인가?
빌라도[185] 수하들의
핏기 없는 몸짓이 무슨 소용이란 말인가?

현세의 것은, 결국,
천국과 지옥으로 귀결되고,
우리의 삶은 영원한 바다의
물거품인 것을!

우리 옷에 밴 씁쓸한 세속의 때를
말끔히 씻어내자,
그리고 천상의 신비로운
장미를 꿈꾸자.

우리, 찰나의 꽃을 꺾자.
마법의 종달새의 선율이
달콤한 날들을

노래하도록!

사랑이 우리를 파티에 초대해
월계관을 씌운다.
우린 인생길에서 누구나
자신의 베로나[186]를 갖는다.

황혼녘에조차
하나의 목소리가 노래한다.
룻[187]이, 생글거리며, 보아스를 위해
이삭을 주우러 오네!"

그러나 찰나의 꽃을 꺾어라,
향기로운 젊은이를 위해
동쪽에서
먼동이 터올 때.

오, 에로스[188]와 희롱하는 소년아,
늠름한 소년들아,
그리스 요정과 실바누스처럼
춤추어라!

낡은 시간은 모든 것을 갉아먹으며
쏜살같이 지나간다.
신티아여, 클로에여, 시달리사여,
그 시간을 이겨낼 줄 알지어다.

오렌지꽃을 장미로 바꾸어라,
솔로몬의
「아가서」[189]의
소리 들려온다.

프리아포스[190]는 키프리스[191]가
밟는 정원들에서 밤을 지새우고,
헤카테[192]는 사냥개들이 짖어대게 한다.
그러나 아름다운 디아나는,

환영(幻影)의 베일에
살짝 감싸인 채,
엔디미온[193]을 만나러
하늘의 숲으로 내려간다.

젊음이여! 사랑의 힘으로
그대 눈부시게 빛난다.
여명의 입맞춤을 즐겨라.
오, 청춘이여!

뒤늦게 꽃을
꺾은 이는 불행하여라!
사랑이 무언지
영영 알지 못하는 사람은 아아, 가엾어라!

열대의 땅에서 나는 보았다,
유리 술잔에서처럼,
여인 안에서
피가 불타는 것을.

또 도처에서 보았다, 불꽃과 향기로
빚어진 꽃처럼,
피가 사랑하고
소멸하는 것을.

그 불꽃 속에서 몸부림쳐라.

인간에게
뿌려지는 그 향기를
호흡하라.

육체를, 오늘 우리의 혼을 빼앗는
그 선(善)을 즐겨라.
훗날 먼지와 재로
변할지니.

태양을, 그 불의 불경한
빛을 즐겨라.
태양을 즐겨라, 내일이면
눈멀지니.

아폴론의 혼을 불러내는
달콤한 조화를 즐겨라.
노래를 즐겨라, 언젠가는
입이 사라지리니.

선(善)을 간직한
대지를 향유하라.

그대들은 아직 땅에 묻히지
않았으니 즐겨라.

그대들을 얼어붙게 하고 그대들을
옥죄는 두려움을 떨쳐라.
비너스의 비둘기가 스핑크스
위로 날아오른다.

아직은 사랑스런 여인들이
죽음과 시간, 운명을 물리치고,
무덤에선 도금양과
장미가 발견되었다.

아직 아나디오메네[194]는 싸움에서
우리에게 도움의 손길 내밀고,
아직 피디아스의 작품에선
알몸의 프리네[195]가 되살아난다.

성서에 등장하는 건장한 아담은
인간의 피로 살아가고,
우리의 혀는 아직

사과 맛을 느낀다.

그리고 전지전능한
우주의 수태가
이 생동하는 지구의
힘과 활동을 빚어낸다.

하늘의 심장이 고동친다,
투쟁이요
영광인 이 삶의
승리를 위해.

그러니 고통이 짓누르고 불운한 운명이
우리를 해친다 해도
우리 안에는 우주의
수액이 흐른다.

우리의 두개골은 대지와 태양의
떨림을 간직하고 있다,
고둥이 바다의 소리를
머금고 있듯이.

우리의 혈관 속 바다 소금은
세차게 분출하고,
우리 몸엔 세이렌과 트리톤[196]의
피가 흐른다.

우리에겐 떡갈나무, 월계수,
울창한 나뭇잎이 있고,
우린 켄타우로스와 사티로스의
육신을 지녔다.

삶은 우리 몸속에
힘과 열기를 불어넣는다.
사랑의 길을 통해
죽음의 왕국으로 가자!

마르가리타 데바일레[197]에게 바치는 시

A Margarita Debayle

마르가리타, 바다는 아름답고,

바람은

레몬꽃의 섬세한 향기를 품고 있어.

내 마음에선

종달새 노랫소리가 들려.

너의 말투 말이야.

마르가리타, 너에게 이야기 하나

들려줄게.

다이아몬드 궁전과

햇빛으로 만든 천막,

코끼리들의 무리,

공작석으로 만든 정자,

금실로 짠 커다란 비단 망토,

그리고 더없이 아름다운,

마르가리타,
너처럼 아름다운,
우아한 공주를 둔
왕이 있었어.

어느 날 저녁 공주는
별 하나가 나타나는 걸 보았어.
장난꾸러기 공주는
그 별을 따러 가고 싶었어.

별을 따서 시 구절과
진주, 깃털,
꽃과 함께 브로치를
장식하고 싶었던 거야.

어여쁜 공주들은
너를 빼닮았어.
그녀들은 붓꽃과 장미를 꺾고
별을 따거든. 그녀들은 그래.

그래서 어여쁜 소녀는 길을 떠났어,

하늘 아래로, 바다 위로,
그녀를 한숨짓게 하는
새하얀 별을 따러.

그녀는 달을 지나 그 너머까지
위로 계속 걸어갔어.
하지만 문제는 그녀가
아빠의 허락 없이 갔다는 거야.

이제 주님의 공원에서
돌아왔을 때,
그녀의 온몸은 감미로운
광채에 싸여 있었어.

그러자 왕이 말했어. "도대체 무슨 일이냐?
널 찾았지만 보이지 않더구나.
네 가슴 속에 보이는 시뻘겋게
불타는 게 뭐냐?"

공주는 거짓말을 하지 않았어.
이렇게 사실대로 고했지.

"드넓은 창공으로
제 별을 따러 갔어요"

그러자 왕이 소리쳤어. "푸른 하늘은 건드리면
안 된다고 내가 말하지 않았더냐?"
미친 짓이야! 변덕스럽긴!
주님께서 노하실 게다."

그러자 그녀가 말했어. "그럴 의도는 없었어요
영문도 모른 채 길을 떠났어요
물결과 바람을 타고
별에게로 가서 그걸 땄어요"

그러자 왕은 화가 나서 말했어.
"넌 혼 좀 나야겠다.
당장 하늘로 돌아가서 훔친 것을
되돌려 놓도록 해라."

공주는 하늘에서 따온 감미로운
빛의 꽃 때문에 슬퍼해.
그런데 그때 선한 예수님이

미소를 머금고 나타나셨어.

그러고는 이렇게 말씀하셨어. "나의 밭에서
그 장미꽃을 너에게 주었노라.
나의 꽃들은 꿈 꿀 때 나를
생각하는 소녀들의 것이니라."

왕은 번쩍이는 옷을 걸친 다음,
사백 마리의 코끼리들이
바닷가를
줄지어 가게 해.

공주는 아름다워.
별과 함께 시 구절과
진주, 깃털 그리고 꽃이
반짝이는 브로치를 가졌으니까.

***

마르가리타, 바다는 아름답고,
바람은

레몬꽃의 섬세한 향기를 품고 있어.
너의 숨결이야.

넌 내게서 멀리 있을 테니
소녀여, 간직해줘,
어느 날 너에게 이야기 하나 들려주고 싶어 했던
사람의 애틋한 마음을.

늑대는 왜 Los motivos del lobo

백합의 가슴, 세라핌[198]의 영혼,
천상의 언어를 가진 성스러운 남자,
극히 왜소하고 온화한 프란체스코 다시시[199]는
난폭하고 성난 짐승과 함께 있다,
가공할 아가리, 사악한 눈을 가진
잔인한 강탈자인 무시무시한 야수와.
구비아의 늑대, 끔찍한 늑대!
길길이 날뛰며 주위를 쑥대밭으로 만들었다.
가축 떼를 모조리 잔혹하게 물어뜯었다.
새끼 양을 먹어치웠고, 목동들을 집어삼켰다.
죽은 사람과 입은 피해 헤아릴 수 없다.

강철로 무장한 건장한 사냥꾼들은
토막이 났다. 단단한 송곳니가
사나운 사냥개를 어린 토끼나
어린 양처럼 갈기갈기 찢었다.

프란체스코가 밖으로 나가

굴속에서

늑대를 찾았다.

동굴 근처에서 집채만한 맹수를

발견했다. 그를 보자 사납게

달려들었다. 프란체스코는, 온화한 목소리로,

한손을 올리며

미쳐 날뛰는 늑대에게 말했다. "진정하시게, 늑대

형제여!" 짐승은

허름한 옷을 걸친 남자를 응시했다.

무뚝뚝한 분위기를 거두고,

쩍 벌린 위압적인 아가리를 닫으며

말했다. "그럴 순 없소, 프란체스코 형제!"

"뭐라고!" 성인이 소리를 질렀다. "그대는 공포와 죽음의

법으로 사시는가?

그대의 악마 같은 주둥이가

흘리는 피, 그대가 흩뿌리는

슬픔과 공포, 농부들의

탄식, 절규, 우리 주 하느님께서

창조하신 숱한 피조물의 고통도

그대의 지독한 적의를 제지하지 못한단 말인가?

그댄 지옥에서 오셨는가?
혹시 루시퍼[200]나 벨리알[201]이 끝없는 원한을
그대에게 불어넣었는가?"
산만한 늑대가 다소곳이 말했다. "겨울엔 추위가 혹독하고
배고픔은 끔찍해요! 얼어붙은 숲에서
먹을 걸 찾지 못했습니다. 가축을 찾아다녔지요
이따금씩…… 가축과 목동을 먹어치웠고요
피라고요? 난 손에 새매를 올려놓은
말 탄 사냥꾼을 여럿 봤습니다.
멧돼지나 곰이나 사슴을
뒤쫓고 있었지요 몸에 피칠갑을 하고 우리 주
하느님의 짐승들을 상처 입히고 괴롭히는
자들을 수없이 봤어요
목쉰 호른 소리를 내거나 숨죽여 울부짖었지요
그들은 배가 고파서 사냥한 게 아닙니다!"
프란체스코가 대답했다. "인간에게는 사악한 균이
존재한다네.
죄를 가지고 태어난다오 슬픈 일이오
허나 맹수의 소박한 영혼은 순수하다네.
그대는 오늘부터 먹을 것을
갖게 될 것이오

그러니 이 나라의 가축들과

사람들을 가만히 내버려 두시게나.

하느님께서 그대의 야만스러운 존재를 달콤한 꿀로 만드시길!"

"좋습니다, 프란체스코 다시시 형제."

"만물을 구속하고 풀어주시는 하느님 앞에서,

약속의 징표로 나에게 한 발을 내미시오"

늑대는 다시시 형제에게 한 발을

내밀었고 그도 늑대에게 한 손을 뻗었다.

그들은 마을로 향했다. 사람들은

그 광경을 보고도 눈을 의심했다.

사나운 늑대가 사제를 뒤따랐는데,

집에서 키우는 개나 어린양처럼

고개를 숙이고 얌전히 따라갔다.

프란체스코가 광장에 사람들을 불러 모으고

그 자리에서 설교를 했다.

그가 말했다. "여기 사랑스런 사냥감이 있습니다.

늑대 형제는 나와 함께 오는 길입니다.

이젠 여러분의 원수가 되지 않고

다시는 잔혹하게 공격하지 않겠다고 맹세했어요

대신 여러분들은 가련한 하느님의 짐승에게

먹을 것을 주어야 할 것입니다." "그렇게 하겠습니다!"
마을사람들이 한 목소리로 대답했다.
그러자 선한 동물은,
기쁨의 표시로,
머리와 꼬리를 흔들었고,
프란체스코 다시시를 따라 수도원으로 들어갔다.

한동안 늑대는 신성한 피난처에서
평온하게 지냈다.
그의 투박한 귀는 성가를 들었고
맑은 눈은 축축하게 젖었다.
숱한 감사의 기도를 배웠고,
신도들과 부엌에 갈 때는 갖은 재롱을 피웠다.
프란체스코가 기도를 할 때면
늑대는 허름한 샌들을 핥았다.
거리로 나가고,
산을 돌아다니고, 계곡으로 내려갔다.
집에 들어가면 사람들이 먹을 것을
주었다. 그들은 늑대를 유순한 사냥개 보듯 했다.
어느 날 프란체스코가 수도원을 비웠다. 온화한
늑대, 유순하고 선한 늑대, 정직한 늑대가

모습을 감추고 산으로 되돌아갔다.
그리고 그의 울부짖음과 만행이 다시 시작되었다.
또다시 주민들과 목동들 사이에
불안과 두려움이 감돌았다.
주위엔 공포가 팽배했고,
용맹함도 무기도 무용지물이었다.
사나운 맹수가
마치 몰록[202]과 사탄의
불길인 양
결코 분노를 멈추지 않았던 것이다.

성스러운 성자가 마을로 돌아오자
모두들 탄식하고 오열하며 그를 찾았고,
수없이 고통을 호소하며
그 파렴치한 악마의 늑대 때문에
당한 숱한 고통과 피해를 증언했다.

프란체스코 다시시는 심각해졌다.
그는 잔인한 거짓말쟁이 늑대를
찾아 산으로 떠났다.
그리고 굴 옆에서 못된 짐승을 찾아냈다.

"성스러운 천지만물을 주재하시는 아버지의 이름으로
그대에게 간청하노라." 그가 말했다. "오 사악한 늑대여!
대답하시게나. 왜 악으로 되돌아갔느뇨?
내 들을 테니 대답하시게."
소리 없이 투쟁하듯, 늑대는 입에 거품을 물고
살기어린 눈빛으로 말했다.
"프란체스코 형제, 너무 가까이 다가오지 마시오……
그곳 수도원에서 평온하게 지냈습죠
전 마을로 나가서,
사람들이 먹을 것을 주면 기뻐하며
얌전히 받아먹었지요
하지만 매사에 질투와 앙심, 분노가
있음을 느끼기 시작했어요
얼굴마다에서 증오와 색욕,
악의, 거짓의 불길이 이글거리더군요
형제들끼리 싸움을 벌였고,
약자들이 패배하고 사악한 무리가 승리했지요
인간 수컷과 암컷은 수캐와 암캐 같았고,
어느 화창한 날 우르르 달려들어 제게 몽둥이질을 하더군요
그들은 저를 천하게 대했고, 전 그들의 손발을
핥았어요 전 당신의 신성한 규율을 따랐습죠

모든 피조물은 저의 형제들이었지요.
인간도 형제고, 황소도 형제고,
별도, 구더기도 형제였죠.
그렇게 몽둥이로 때려 절 내쫓았어요.
그들의 웃음소리는 부글거리는 물 같았고,
몸속 깊은 곳에선 맹수가 되살아났습니다.
불현듯 제 자신이 사악한 늑대로 느껴지더군요.
하지만 언제나 그 사악한 인간들보다는 선량했어요
그래서 제 몸을 지키고 먹을 것을 구하기 위해
이곳에서 다시 투쟁을 시작했지요
살아남기 위해선 살생을 해야 하는
곰이나 멧돼지처럼요
저를 산에 내버려 둬요, 험한 바위틈에 내버려 둬요,
제 마음대로 살게 해주세요,
수도원으로 돌아가세요, 프란체스코 형제,
당신의 거룩한 길을 계속 걸어가세요”

다시시 성인은 늑대에게 아무 말도 하지 않았다.
그윽한 눈길로 그를 바라보았고,
눈물과 슬픔 속에 길을 떠났다.
그리고 영원하신 하느님께 마음으로 기도했고

그의 기도 소리는 숲의 바람에 실려 갔다.

"하늘에 계신 우리 아버지……"

아르헨티나 찬가 외

Canto a la Argentina y otros poemas

1914

아르헨티나 찬가 Canto a la Argentina[203]

아르헨티나여! 아르헨티나여!
아르헨티나여! 청아한
바람이 쩌렁쩌렁한 황금의 목소리를 낚아챈다.
힘센 오른손으로 뿔피리를 잡고
튼튼한 폐는, 진동하던
푸른 수정 하늘 아래서,
고함을 내지른다. 들어라, 인간들아,
들어라, 성스러운 외침을.

넓은 하구(河口)를 뒤덮으며 바다로
밀어닥치는 돛대들의 숲을 가로지르는
외침을 들어라. 번쩍이는, 활력 넘치는
공장들의 거대한 축제,
충만한 도시의 탑들,
금속과 활기찬 불빛의
멋진 소요(騷擾),

여러 나라 말에 능통한 군중들 속에서
불타는 노동과 사상의
장대한 경이,
건설, 분투, 몽상,
하얀 산맥,
광활한 대지,
광대한 바다.

아르헨티나여, 여명의 지대여!
오, 자유와 생명의
갈망이 살아 숨쉬는, 역동적이고
창조적인 땅이여!
위풍당당한 뱃머리와 황금빛
돛의 장엄한 배여!
끝없이 펼쳐진 바다안개 저편에서
야자수를 높이 흔들며,
카라벨라[204]의 왕자인
숭고한 콜럼버스가 그대에게 인사한다.

그대는 석류처럼 열렸다,
유방처럼 채워졌다,

이삭처럼 우뚝 솟았다,
고통 받는 모든 민족에게,
비탄에 젖은 모든 인류에게,

불운의 구름 아래서
새로운 일자리와 더 나은 음식,
더 나은 잠자리를, 휴식을 취하고
아이들이 웃는 것을 보고,
그 아래서 꿈꾸고
그 아래서 죽음을 생각할
지붕을 찾아
방랑하는 천민들에게.

엑소더스! 엑소더스! 사람들의
무리여, 찌무룩한 날들을 두려워하고,
샘을 찾지 못해 목말라하고,
바라던 빵이 없어 배고파하고,
싹트기 시작하는 일을 사랑하는
자들의 무리여.
엑소더스가 그대들을 구원했도다.
대지에 아르헨티나가 있다!

여기 엘도라도[205]의 땅이 있다,
여기 지상낙원이 있다,
여기 소망하던 행복이 있다,
여기 황금양피[206]가 있다,
여기 약속의 땅 가나안[207]이,
부활한 아틀란티스가 있다,
여기 황소와 송아지의
상징적인 평원이 있다,
우울한 사람들과
탄식하는 사람들, 그리고
올림포스 산과 십자가의 길에서
만인을 사랑한
고통 받는 시인들과 몽상가들이
꿈속에서 바라본 존재들이 여기 있도다.

여기 모든 신들을 아우르는
미지의 위대한 신이 있다.
그 분은 우주 공간에 사원을 가졌고,
세상의 검은 살에
성구실(聖具室)을 가졌다.
여기 고통스럽지 않은 바다가 있다,

여기 기름진 사하라가 있다,
여기서 무한을 향하는 사람들의
무리가 뒤섞이고,
모두가 서로를 이해하는
바벨탑이 세워진다.

그대, 대초원의 사람아,
고통 받는 몽유병자여,
달아난 증오의 불길로,
날 때부터 굶주린 노예여,
납처럼 무거운 모포를 덮고
잠을 자는 사람아,
차르[208]의 눈[雪]의 사람아,
푸른 하늘을 바라보라, 노래하라, 생각하라.
구원받은 무지크[209]여, 그대의
오두막에서, 광활한 팜파스[210]에서 사모바르[211]가
즐겁게 속삭이는 소리에 귀 기울여라.

노래하라, 팜파스의 유대인들이여!
거친 자태의 기골이 장대한 청년들이여,
맑은 눈의 달콤한 레베카[212]들이여,

긴 머릿단의 루벤[213]들이여,
말의 갈기처럼 두꺼운,
흰 머리카락의 족장들이여.
연로한 사라[214]들과 젊은 베냐민[215]들아,
노래하라, 노래하라,
그대들의 심장에서 울려나오는 목소리로,
"우리 시온[216]을 찾았노라!"고

[중략]

그대들의 웅장한 찬가 울려 퍼지길,
자유로운 땅의 자유인들이여!
정복자들의 손자들이여,
되살아난 스페인의 피여,
이탈리아와 게르마니아[217],
바스코니아[218]에서 수혈된 피여,
프랑스와 그레이트브리튼의
한가운데서 온 이들이여,
만국(萬國)의 생명이여,
현재의 조국,
더 위대한 미래의 아르헨티나를

예언하는 새로운 유럽의 수액이여.
건배하자, 조국이여, 그대는 인류 모두의
것이니 또한 나의 조국!
시(詩)의 이름으로 건배!
자유의 이름으로 건배!

그 밖의 시

시인과 왕 El poeta y el Rey

어느 날 한 고독한 남자를
왕 앞에 데려갔다……
눈부신 옥좌에서
그를 곁눈으로 바라보며
군주는 궁금해 했다,
이 기인(奇人)의 삶이
무엇으로 이루어졌는지……

가부장처럼 관대한 왕이
온후하게 물었다.
"자네는 이름이 있는가?"
"없습니다, 폐하."
혹 조국은 있는가?
"세상이 저의 거처입니다."
"자네의 목구멍에선 왜 그토록
하많은 비애(悲哀)가 솟아나는가?"

"자네는 자유인인가, 노예인가?"
"자유인입니다. 하지만 폐하,
저는 슬프게도 저는……
시인입니다!"

환 라몬 히메네스에게 바치는 시
A Juan Ramón Jiménez

아트리움[219]

젊은 친구여, 그댄 신성한 싸움을 용맹하게
시작하기 위해 흉갑을 둘렀는가?
그대의 관념의 쇳덩이가 칼의 분노와
철퇴의 무게를 이겨내는지 보았는가?

그댄 피타고라스[220]의 숫자들로 생명을 창조하는
천상 종족의 혈통을 느끼는가?
힘센 헤라클레스가 네메아[221]의 사자를 퇴치한 것처럼,
그댄 잔인한 악의 호랑이들을 뒤쫓으려나?

고요한 밤의 푸르름이 그대의 마음을 움직이는가?
삼종기도[222]의 종소리 저녁의 영혼을 알릴 때
그댄 생각에 잠겨 그 종소리 듣는가?

그대 심장은 숨겨진 목소리들을 해석하는가?

그렇다면, 계속 그 사랑의 길을 가라. 그댄 시인이로다.
아름다움이 그대를 빛으로 감싸고 신께서 그대를 지켜주시길.

그대가 사랑하게 될 때……

Cuando llegues a amar...

그대가 사랑하게 될 때, 아직 사랑에 빠진 적이 없다면,
이 세상에서 가장 크고 가장 깊은
고통은 행복한 동시에 불행한
것임을 알게 되리라.

당연한 귀결: 사랑은 빛과 그림자,
시와 산문의 심연,
그곳에선 동시에 울고 웃는 것이
가장 값진 것.

최악은, 가장 끔찍한 것은,
사랑 없이는 삶이 불가능하다는 사실.

쓸쓸히, 아주 쓸쓸히……

Triste, muy tristemente…

샘에서 떨어지는 물 바라보며,
어느 날 난 쓸쓸했어, 무척 쓸쓸했어.

달콤한 은빛 밤이었지. 밤이 울고
있었어. 밤이 한숨을 쉬고 있었어. 밤이

흐느꼈어. 온화한 짙은 보랏빛 석양은
신비로운 한 예술가의 눈물을 녹였지.

졸졸거리는 샘에 내 영혼을 섞은
그 예술가는 바로 나였어, 신비롭게 흐느끼는.

미주

『엉겅퀴 Abrojos』(1887)

1 **골콘다** 다이아몬드 가공으로 부를 누렸던 인도 남부의 고대 도시.

『서정시집 Rimas』(1887)

2 『**서정시집 Rimas**』 스페인 후기낭만주의 시인이자 산문작가인 구스타보 아돌포
베케르(Gustavo Adolfo Bécquer, 1836~1870)의 동명 작품에서 영감을
얻었다. 베케르는 섬세한 서정을 그린 시풍으로 잘 알려져 있다.

『푸름…… Azul....』(1888)

3 **거대한 숲은 우리들의 사원(寺院)** 보들레르의 『악의 꽃』에 실린 「상응(Corres-
pondances)」의 도입부("자연은 하나의 사원…… La Nature est un tem-
ple...")를 떠올려준다.
4 **판신(神)** 그리스 신화에 나오는 숲·목양(牧羊)의 신으로 염소의 뿔과 다리를
가졌으며 음악을 좋아한다.
5 **히블라** 각각 시칠리아 중부와 북부에 위치했던 비슷한 이름의 두 도시 Hibla
Minor, Hibla Parva를 가리키며 질 좋은 꿀로 유명했다.

6 **델리시아** 관능성을 의인화하기 위해 시인이 만들어낸 뮤즈. 스페인어로 '환희', '관능적 쾌락'을 뜻한다.

7 **낙소스 섬** 에게 해 남부에 위치한 그리스령(領) 섬.

8 **디아나** 로마 신화에 나오는 사냥의 여신으로 야생동물과 숲, 달을 관장한다. 그리스 신화의 아르테미스와 동격이다.

9 **키테라 섬** 이오니아 제도의 일부를 이루는 그리스의 섬으로 펠로폰네소스 동남쪽 끝과 마주하고 있다. 비너스가 바다에서 태어나 육지에 올랐다는 이 섬은 수많은 시와 그림, 오페라, 발레에서 사랑의 주제에 영감을 주었다.

10 **아도니스** 그리스 신화에 나오는, 여신 아프로디테와 페르세포네의 사랑을 받았던 미소년.

11 **키프리아** 비너스의 특질형용사로 비너스를 숭배하는 곳의 하나인 키프로스 (Chipre)에서 비롯되었다.

12 **비너스** 이 시에서 비너스는 사랑과 미와 풍요의 여신(그리스 신화의 아프로디테)과 동시에 금성(金星)을 가리킨다. 음성적 유희의 효과를 살리기 위해 두 경우 모두 '비너스'로 옮겼다.

13 **월트 휘트먼** Walt Whitman(1819~1892). 19세기 미국의 시인. 빈농 출신으로 전통적인 시 형식을 따르지 않고 자유로운 기법으로 사랑과 연대, 인격주의의 사상을 노래하였다. 『풀잎』이 대표작이다.

『세속적 세퀜티아 외 Prosas profanas y otros poemas』(1896)

14 **Prosas profanas y otros poemas** 'Prosas profanas'는 흔히 '세속적 산문'으로 옮겨지나 오류다. 여기서 'prosa'는 '산문'이 아니라 가톨릭 전례 용어인 '세퀜티아'를 가리키며, 제목 자체가 세속성과 종교성의 결합을 보여주는 일종의 모순어법이다.

15 **바쿠스** 로마 신화에 등장하는 술의 신. 그리스 신화의 디오니소스에 해당한다.

16 **테르미누스** 로마 신화에 나오는 토지의 경계를 주관하는 신. 라틴어로 '경계석'이라는 뜻이다.

17 **헤타이라** 미주 195 참조.

18 **보마르셰** Pierre-Augustin Caron de Beaumarchais(1732~1799). 18세기 프랑스의 극작가. 「세비야의 이발사」, 「피카로의 결혼」 등의 작품이 있다.

19 **코린토스** 그리스 본토와 펠로폰네소스반도를 잇는 코린트 지협에 있었던 고대 도시 국가이자 현대의 도시.

20 **아칸서스** 톱니 모양의 잎과 강한 곡선의 줄기를 가진, 지중해 연안에서 자생하는 식물. 잎의 모양은 고대 그리스 이래 고전주의 미술의 주요한 장식 모티브의 하나가 되었고, 특히 건축에서 코린토스식 주두(柱頭) 장식에 두드러지게 사용되었다.

21 **피디아스** Fidias(B.C. 490년 경~B.C. 431). 고대 그리스에서 가장 유명한 건축가로 제우스 신상과 파르테논 신전의 아테나 여신상을 만들었다.

22 **베를렌** Paul-Marie Verlaine(1844~1896). 19세기 프랑스의 시인.

23 **우세** Arsène Houssaye(1815~1896). 19세기 프랑스의 시인·소설가.

24 **아나크레온** Anacreon(B.C. 570?~B.C. 480?). 고대 그리스의 서정시인. 술과 사랑을 주제로 한 향락적 시풍은 훗날 '아나크레온풍(風)'을 유행시키고 많은 모방자를 낳았다.

25 **프뤼돔** Sully Prudhomme(1839~1907). 19세기 프랑스의 고답파 시인. 고답파의 조형적 이상을 초월, 모럴과 근대세계의 양심 문제를 추구했으며 제1회 노벨 문학상(1901)을 수상했다.

26 **오메** 플로베르의 『마담 보바리』에 등장하는 인물로 현실의 논리, 맹신과 배타의 논리로 변질된 과학과 진보 이데올로기를 대변한다.

27 **그레트헨** 괴테의 『파우스트』에서 파우스트가 첫눈에 반한 순수한 처녀.

28 **로렐라이** 독일의 장크트 고아르스하우젠 근방의 라인 강 오른쪽 기슭에 솟아 있는 커다란 바위.

29 **로엔그린** 바그너의 동명 오페라에 나오는 성배(聖杯)의 기사. 10세기 전반 브라반트의 왕녀 엘자는 남동생을 죽였다 하여 텔라문트 백작에게 고소를 당한다. 이 원죄에서 그녀를 구조하기 위하여 로엔그린이 나타나 텔라문트를 무찌른다. 결백한 몸이 된 엘자는 로엔그린과 결혼하게 되는데, 로엔그린은 그녀에게 자기의 신원을 묻지 말 것을 조건으로 한다. 그러나 결혼식 날 엘자는 금단의 질문을 하고 만다. 로엔그린은 자기의 신원을 밝힌 뒤 마중 온 백조를 타고 성배가 있는 나라로 돌아가고 엘자는 크게 실망하여 죽는다.

30 **하이네** Heinrich Heine(1797~1856). 독일의 시인·비평가. 낭만주의와 고전주의 전통을 잇는 서정시인인 동시에 반(反)전통적·혁명적 저널리스트였다. 독일 시인 중에서 누구보다도 많은 작품이 작곡되어 오늘날에도 널리 애창되고 있다.

31 **볼프강** 오스트리아의 작곡가 볼프강 아마데우스 모차르트를 가리킴.

32 **동양의 장미** 동백꽃을 가리킴.

33 **새틴** 견직물의 하나로 일반적으로 수자직(孤子織)의 양복지를 말한다. 광택이 곱고 보드라워 장식적인 여성복, 핸드백, 모자 따위에 사용된다.

34 **고티에** Théophile Gautier(1811~1872). 19세기 프랑스의 시인·소설가. 예술의 공리성을 배격하고 '예술을 위한 예술'을 제창하였다. 조형미를 문학 작품에 도입하여 형식을 존중하는 유미적 작풍을 수립, 후의 고답파 시인들에게 영향을 주었다. 루벤 다리오가 주창한 모데르니스모는 상징주의와 함께 고답파의 영향을 받았다. 『모팽양』, 『낭만주의의 역사』 등의 작품이 있다.

35 **야마가타** 일본 혼슈 주부지방 기후현에 있는 도시.

36 **아름다운 왕이 노래하는 여인** 여기서 왕과 여인은 각각 솔로몬 왕과 사바 여왕을 가리킨다.

37 **사바 여왕** 구약성서에 나오는, B.C. 10세기에 활동한 사바 왕국의 여왕. 대단한 미의 소유자였으며 솔로몬 왕을 방문하여 두 사람의 사랑이야기가

만들어졌다.

38 **클라비코드** 16세기부터 19세기 초엽에 걸쳐 유럽에서 널리 쓰인 유건타현악기
　　(有鍵打絃樂器). 쳄발로와 함께 피아노가 생기기 이전에 가장 애용된
　　건반악기이다.

39 **호르무즈** 페르시아 만 어귀의 호르무즈 해협 북쪽에 있는 이란령 섬.

40 **궁중의 꽃** 공주를 가리킴.

41 **공주님을 연모하는 행복한 왕자님** 단순한 요정이야기가 아니라 예술철학의 알레
　　고리로 해석될 수 있는 이 시에서 왕자와 공주는 각각 시인 자신과
　　시인이 평생 추구했던 시적 이상을 상징한다.

42 **마르그리트 고티에** 알렉상드르 뒤마의 소설 『춘희』의 여주인공으로 사교계의
　　꽃인 고급 매춘부.

43 **바카라 잔** 최고급 수제 크리스털 브랜드로 유명한 프랑스의 바카라에서 만든
　　샴페인 잔.

44 **스텔라** 루벤 다리오의 첫 부인 라파엘라 콘트레라스(Rafael Contreras, 1869~
　　1893)의 별명. 1890년 다리오와 결혼했으나 3년 뒤에 23살의 젊은 나
　　이로 사망했다.

45 **루이스 베리소** Luis Berisso(1866-1944). 루벤 다리오의 절친한 친구였던 아르헨
　　티나인으로 모데르니스타 시인들의 후원자였다.

46 **백합** 화가들이 재현한 수태고지 장면에는 흔히 백합이 등장하는데, 하얗고 암
　　수의 구별이 없다 하여 마리아의 순결을 상징한다.

47 **리지아** 에드거 앨런 포의 동명 단편소설(1838)에 등장하는 여주인공으로 죽은
　　뒤에 남편을 찾아가는 유령적 인물.

48 **백조** 모데르니스모의 주된 모티프로서 단순한 장식적 요소가 아니라 영원한
　　예술미의 상징이다. 주로 아름다움, 우아함, 순수, 꿈, 외부현실에 대
　　한 무관심, 관능성 등을 환기시킨다.

49 **바그너** Wilhelm Richard Wagner(1813~1883). 루벤 다리오에게 영감을 준 음
　　악가로 그의 시에는 바그너의 음악에 대한 언급이 많다. 이 시가 실

려 있는 『세속적 세퀜티아 외』의 서문에서 다리오는 바그너가 아일랜드 출신의 프랑스 작곡가인 제자 오귀스타 올메스(Augusta Holmès)에게 "첫째, 그 누구도 모방하지 말 것, 특히 나를 모방하지 말 것."이라고 말했다는 일화를 소개하고 있다.

50 **토르** 북유럽 신화에 나오는 천둥의 신으로 영어의 '목요일'은 '토르의 날'이라는 뜻이다.

51 **아르간티르** 북유럽 신화에 등장하는 영웅으로 난장이들이 만들어준 명검을 지니고 있다. 루벤 다리오는 『기인들 Los raros』에서 19세기 프랑스의 고답파 시인 르콩트 드 릴(Leconte de Lisle)의 시 「아르간티르의 검(L'epée d'Argantir)」을 논평하고 있다.

52 **헬레네** 그리스 신화에 등장하는 트로이전쟁의 원인이 된 절세의 미인. 제우스와 레다 사이에서 태어났으며 제우스는 백조로 변해 레다에게 접근했다.

53 **시에스타** 스페인, 이탈리아, 그리스 등 지중해 연안 국가와 라틴아메리카에서 행해지고 있는 '낮잠 자는' 풍습을 일컫는다.

54 **그대의 리듬을 사랑하라**…… 루벤 다리오는 이 시에서 '그대'로 지칭된 독자·시인에게 직접 말하고 있다. 멕시코 시인 옥타비오 파스(Octavio Paz)가 말한 대로, 여기에서 리듬은 시적 창조성의 원천이자 우주의 신비를 푸는 열쇠로 그려지고 있다.

55 **그대의 흩어진 숫자들을 대응시키네** '수(數)'를 만물의 근원이자 조화의 기초로 보았던 피타고라스의 사상을 연상시킨다.

56 **스핑크스** 인간의 머리와 사자의 몸을 가진 괴수로 이집트, 그리스, 메소포타미아에서 미술·문학상의 표현을 찾아볼 수 있다.

57 **트립톨레모스** 그리스 신화에 나오는 케레우스의 아들로 농업을 전파한 인물. '세 번 밭을 가는 자'라는 뜻이다.

58 **거대한 흰 백조의 목은 내게 물음표를 그리네** 백조는 모데르니스모의 시적 이상을 상징하는 존재다. 백조의 목의 곡선을 물음표로 인식하는 데서 이

상의 실현가능성에 대한 회의주의적 태도를 엿볼 수 있다. 또한 이 시가 시집의 맨 마지막에 위치함으로써 다음 시집인『삶과 희망의 노래』에서 일정한 변화가 일어날 것임을 예고한다. 그 변화는 미국의 제국주의적 야욕에 노출된 라틴아메리카 현실에 대한 관심으로 요약할 수 있다.

『삶과 희망의 노래 Cantos de vida y esperanza』(1905)

59 **푸른 시와 세속의 노래** '푸른 시'와 '세속의 노래'는 각각『푸름……』과『세속적 세켄티아 외』를 말한다.『삶과 희망의 노래』의 권두시인 이 시는 과거의 시적 궤적을 요약하는 동시에 자아비판적 면모를 통해 모데르니스모 미학의 변화를 보여준다.

60 **위고** 프랑스의 시인·소설가·극작가인 빅토르 위고를 말함. 루벤 다리오는 어린 시절부터 위고의 영향을 강하게 받았다.

61 **마드리갈** 14세기 이탈리아에서 일어난 자유로운 형식의 성악곡으로 주로 즐겁고 명랑한 분위기에 목가적인 내용을 담고 있다. '마드리갈의 시간'은 곧 '사랑의 시간'을 의미한다.

62 **사티로스** 그리스 신화에 나오는 반인반수(半人半獸)의 괴물.

63 **갈라테아** 루이스 데 공고라의『폴리페모와 갈라테아의 우화』(1613)에 등장하는 아름다운 여인. 공고라는 이 작품에서 오비디우스가 호메로스에게서 빌려와『변신 이야기』에서 시화(詩化)한 외눈박이 거인 폴리페무스와 미녀 갈라테아의 사랑 이야기를 장시(長詩)로 재창조하고 있다.

64 **후작부인** 전원적인 여인인 갈라테아와 대립되는 속세의 여인을 대변한다.

65 **카스탈리아의 샘** 그리스 델포이의 파르나소스 산자락에 있는, 신성하게 여겨지는 샘으로 시적 영감의 대상이다. 피티아 여사제가 신탁을 전하기 위해서나, 아폴론 신전으로 들어가기 전이나 운동선수나 사제와 순례자

들이 성역에 들어가기 전에 이 샘에서 몸을 깨끗이 씻어야 했다.

66 **프시케** 그리스 신화에 나오는 공주로 '영혼'을 의미하며, 의인화되어 나비의
　　　　날개를 가진 처녀의 모습으로 표현된다. 날개를 가진 소년의 모습인
　　　　에로스의 짝으로 그려지는 경우가 많다.

67 **필로멜라** 그리스 신화에 나오는 아테네의 왕 판디온의 딸이자 프로크네의 동
　　　　생으로 제우스에 의해 나이팅게일로 변신하였다. 루벤 다리오의 시에
　　　　서 나이팅게일 대신 이 이름이 빈번하게 등장한다.

68 **힙시필레** 그리스 신화에 나오는 렘노스 섬의 왕 토아스의 딸. 시에서는 흔히
　　　　'나비'를 의미하며 영혼의 비상을 나타내는 상징으로 등장한다. 루벤
　　　　다리오는 덴마크 출신의 곤충학자 파브리치우스(Johann Christian
　　　　Fabricius)의 분류(『곤충의 속(屬) Genera Insectorum』, 1776)에 따라 나
　　　　비 대신 이 이름을 사용하고 있다.

69 **파우누스** 고대 로마의 목신(牧神)으로 '은혜를 베푸는 자'를 의미하며 그리스
　　　　의 목신 판과 동일시된다.

70 **나는 빛이요 진리요 생명이다!** 「요한복음」 14장 6절에 나오는 예수의 말.

71 **솔** 로마 신화에 나오는 태양신.

72 **아우로라** 로마 신화에 나오는 여명의 신으로 그리스 신화의 에오스에 해당한
　　　　다.

73 **히스파니아** 로마인들이 사용했던 이베리아 반도의 옛 이름으로 오늘날의 스페
　　　　인 국명(에스파냐)은 이 이름에서 비롯되었다.

74 **시빌라** 고대 세계에서 유명하였던 각지의 여자 예언자(무녀)들을 말하며, 기독
　　　　교 미술에 흔히 책을 든 모습으로 나타난다.

75 **판도라** 그리스 신화에 나오는 인류 최초의 여성. 프로메테우스가 천상의 불을
　　　　훔쳐 인간에게 준 데 노하여, 제우스가 인간을 벌하기 위하여 헤파이
　　　　스토스를 시켜 흙으로 판도라를 빚어 만들고 온갖 불행을 담은 상자
　　　　를 주어 인간 세상에 전하게 하였다고 한다.

76 **베르길리우스** Publius Vergilius Maro(B.C.70~B.C.19). 고대 로마의 시인. 애국

심과 풍부한 교양, 완벽한 시적 기교 등으로 시성(詩聖)으로 추앙되었다. 7년에 걸쳐 완성한『농경시』, 미완성 장편 서사시『아이네이스』등의 대작을 남겼다.

77 **헤라클레스** 그리스 신화에 나오는 가장 힘센 영웅으로 제우스와 인간 여인 알크메네 사이에서 태어났다.

78 **쌍두(雙頭)의 독수리들** 러시아의 문장(紋章)에 등장하는 쌍두 독수리를 말한다. 1904년 2월 시작된 러일전쟁에서 패배를 거듭하고 있던 러시아 군대의 상황을 암시하고 있다.

79 **로마의 암늑대가 젖을 짜냈던** 로마의 건국 시조인 로물루스와 레무스 형제가 출생 직후 버려진 뒤 늑대 젖을 먹고 자랐다는 전설을 환기시킨다. 따라서 다음 행의 '잠든 수액'은 로마인의 혈통을 뜻한다.

80 **니네베** 메소포타미아의 북부 티그리스 강가에 있던 고대 아시리아의 수도.

81 **아틀란티스** 대서양에 존재했다고 하는 전설상의 섬으로 플라톤이 대화편 중「크리티아스」와「티마이오스」에서 처음 언급했다. 그에 의하면 B.C. 9500년경의 문명국으로, 신전을 중심으로 동심원 구조의 도시가 형성되어 육로와 수로로 이어져 있으며 금은보석으로 보도를 꾸민 지상낙원이다.

82 **미네르바** 로마 신화에 등장하는 지혜의 여신으로 그리스 신화의 아테나에 해당함.

83 **오스카르 왕** 스웨덴과 노르웨이의 왕 오스카르 2세(1829~1907)를 말한다. 스웨덴-노르웨이 연방이 붕괴되었으나 이를 평화적으로 해결하였다. 유럽을 두루 여행하였으며, 예술, 특히 문학을 찬양하였다.

84 **생장드뤼즈** 프랑스 남서부 아키텐 주에 있는 도시. 스페인 국경에 가까우며, 비스케이 만에 면하는 해수욕장·피한지로 알려져 있다.

85 **엔다예** 프랑스와 스페인 국경 지역에 있는 소도시.

86 **라틴족의 꽃병, 고결한 그리스의 항아리** 여기에서 언급된 그리스-라틴의 두 상징은 스페인을 대변한다.

87 **눈의 나라** 스웨덴을 말한다.

88 **세히스문도** 스페인의 황금세기 극작가 칼데론 데 라 바르카(Pedro Calderón de
la Barca, 1600~1681)의 작품 『인생은 꿈』의 주인공. 아이일 때 폴란
드의 왕인 아버지 바실리오에 의해 탑에 갇혔다가 청년이 되어 왕실
로 돌아오지만, 처음에는 꿈과 현실을 분간하지 못한다. 작품은 아버
지와 아들 사이에 벌어진 권력투쟁의 맥락에 운명과 자유의지라는 형
이상학적 주제를 배치하고 있다. 이 시에서 루벤 다리오는 가장 대표
적인 문학적 인물로 두 나라를 의인화하고 있다.

89 **시구르트** 게르만의 지그프리트에 해당하는 북유럽 신화의 영웅으로 마검 그람
의 주인.

90 **엘시드** 중세 스페인의 국가적 영웅(1043?~1099). 본명은 로드리고 디아스 데
비바르(Rodrigo Díaz de Vivar). 발렌시아를 이슬람에서 탈환하고, 이
슬람의 이베리아 침입에 맞서 싸우다 전사하였다.

91 **둘시네아** 세르반테스의 『돈키호테』에 등장하는 상상의 인물로 실제 이름은 알
돈사 로렌소. 돈키호테가 연모하는 진정한 사랑의 대상.

92 **알람브라** 스페인에 존재했던 이슬람 최후의 왕국인 그라나다 나스르 왕조의
궁전으로 기적적으로 보존된 이슬람 건축의 귀중한 유산이다.

93 **레판토** 1571년 10월 7일 신성동맹 함대와 오스만 제국 함대가 해전을 벌인 곳
이며, 지중해의 운명이 걸린 이 해전에서 신성동맹이 대승을 거두었
다. 세르반테스는 레판토 해전에 참가하였다가 평생 왼손을 쓰지 못
하는 총상을 입는다.

94 **오툼바** 1520년 7월 7일 오툼바 평원에서 에르난 코르테스(Hernán Cortés)가
이끄는 스페인 군대와 아스테카 군대가 전투를 벌였는데, 이 전투에
서 4만 명의 아스테카 군대가 1,400명밖에 안 되는 스페인-틀락스칼
라 연합군에게 패배하였다.

95 **페루** 페루를 중심으로 안데스 지역에 건설되었던 잉카 제국은 1533년 스페인
의 탐험가 프란시스코 피사로(Francisco Pizarro, 1475~1541)에 의해

정복되었다.

96 **플랑드르** 플랑드르는 1584~1714년에 스페인령 네덜란드의 일부였다.

97 **이사벨 여왕** 그라나다의 이슬람 왕국을 정복한 통일 스페인의 어머니 이사벨
　　　　1세(1451~1504)를 말한다.

98 **크리스토퍼** 크리스토퍼 콜럼버스(1451~1506)를 가리킨다.

99 **벨라스케스** Diego Velázquez(1599~1660). 펠리페 4세 시대에 궁정화가를 지낸
　　　　스페인의 화가. 시각적 인상을 강조하여 19세기 프랑스 인상주의의
　　　　선구자가 되었다. 대표적인 작품에 「시녀들(Las Meninas)」이 있다.

100 **기둥을 단단히 받치는 동안** 지브롤터 해협의 어귀 부분의 낭떠러지에 있는 바
　　　　위를 가리키는 헤라클레스의 기둥은 스페인 국기 문장(紋章)에도 등
　　　　장하며 그 연원은 스페인의 왕이자 신성로마제국의 황제였던 카를 5
　　　　세에서 시작한다. 그의 좌우명이었던 '플루스 울트라(Plus ultra)'는 헤
　　　　라클레스의 기둥을 넘어서는 안 된다는 금기를 깨고 더 큰 세상으로
　　　　나아가 신세계를 발견하려는 야망으로 대변된다. 또한 스페인이 이미
　　　　확보하고 있던 해외 식민지를 상징하는 용어이기도 했다.

101 **시링가** 판신(神)에 쫓겨 대나무가 된 요정. 판신(神)은 이 대나무로 피리를 만
　　　　들어 항상 지니고 다녔다고 한다.

102 **십자가** 안쪽에 노란 십자가가 있는 스웨덴 왕실의 문장(紋章)은 두 마리의 사
　　　　자가 떠받치고 있다. 마찬가지로 국기의 푸른 바탕 위에도 이 십자가
　　　　가 새겨져 있다.

103 **가스파르** 동방박사 중의 한 사람으로 당시에 알려졌던 세 대륙 중의 하나인
　　　　유럽을 대표한다. 뒤에 나오는 멜키오르와 발타사르는 각각 아시아와
　　　　아프리카를 대표한다.

104 **페가수스** 그리스 신화에 나오는 날개가 달린 천마(天馬). 페르세우스가 메두
　　　　사의 목을 자를 때 떨어지는 핏방울에서 생겼다 하며, 영웅 벨레로폰
　　　　의 애마로 활약하였고, 그 뒤 하늘에 올라 별자리가 되었다 한다.

105 **아폴론** 그리스 신화에 나오는 올림포스 12신 가운데 한 명으로 빛과 태양,

이성과 예언, 의술, 궁술, 그리고 시와 음악 등을 관장한다.

106 **벨레로폰** 페가수스를 기르던 그리스 신화의 영웅으로 카드모스와 페르세우스와 어깨를 나란히 하는 헤라클레스 이전의 가장 위대한 영웅이며 괴물의 처단자이다.

107 **루스벨트** 미국의 26대 대통령을 역임한 시어도어 루스벨트(Theodore Roosevelt, 1858~1919)를 가리킴. 라틴아메리카에 대해 '곤봉 정책(Blg Stick Policy)'으로 알려진 제국주의 팽창정책을 추진하였으며, 그의 패권주의적 입장은 루벤 다리오를 비롯한 많은 라틴아메리카 작가·지식인들의 비판을 받았다. 그는 소문난 사냥 애호가였는데, '테디 베어'는 그의 애칭인 '테디'에서 따온 것으로, 1902년 곰 사냥을 나갔다가 한 마리도 잡지 못한 그를 위해 보좌관이 생포해 온 새끼 곰을 불쌍히 여겨 그냥 놔주도록 했다는 일화에서 비롯되었다고 한다.

108 **니므롯** 함의 장남인 구스의 아들로 압제를 상징하는 구약성서의 인물. 「창세기」에 "야훼께서도 알아주시는 힘센 사냥꾼"으로 묘사되고 있다.

109 **톨스토이와는 정반대지** 루스벨트의 제국주의적 패권주의를 악에 대한 무저항, 선과 사랑에 의한 세계 구원, 기독교적 인간애, 도덕적 자기완성 등 톨스토이가 주창한 사상과 대비시키고 있다.

110 **알렉산드로스** 마케도니아의 왕(재위 B.C. 336~B.C. 323). 그리스·페르시아·인도에 이르는 대제국을 건설하여 그리스 문화와 오리엔트 문화를 융합시킨 새로운 헬레니즘 문화를 이룩하였다.

111 **네부카드네자르** 신(新)바빌로니아의 왕 네부카드네자르 2세(Nebuchadnezzar II, B.C. 605~B.C. 562 재위)를 가리킴. 칼데아 왕조의 왕 중 가장 위대한 왕으로 강력한 군대를 거느렸으며 수도 바빌론을 화려하게 꾸미고 역사상 큰 영향을 미친 것으로 유명하다. 성서에는 느부갓네살로 나온다.

112 **위고는 이미 그랜트에게 말했지** 빅토르 위고가 「그랜트의 메시지(Le message de Grant)」(1872)라는 글에서 미 대통령 율리시스 그랜트(Ulysses Simpson

Grant, 1822~1885)가 독불전쟁(1870~1871) 중에 취한 친독일 노선을 비판한 것을 가리키는 듯하다. 두 사람이 대담을 가졌다는 기록은 없지만, 그랜트는 1877년 파리를 방문했고 위고는 여러 글에서 그를 공격했다.

113 **아르헨티나의 태양** 아르헨티나 국기의 한가운데에 있는, 인간 얼굴 형상의 빛나는 '5월의 태양' 문장(紋章)을 가리킨다.

114 **칠레의 별** 칠레 국기의 별 문장(紋章)을 말한다.

115 **마몬** 부(富)의 신. 신약성서에 나오는 '부요(富饒)'라는 뜻의 아람어 '마모나'에서 유래했다.

116 **네사우알코요틀** Netzahualcóyotl(1402?~1472), 정복 이전 멕시코의 도시국가 텍스코코의 통치자로 철학자·시인으로 명성이 높았다.

117 **목테수마** Moctezuma(1466~1520). 아스테카의 제9대 황제로 몬테수마 2세로도 불린다. 그가 군림하던 시기에 스페인이 본격적으로 아스테카를 정복하기 시작했다.

118 **쿠아우테목** Guátemoc(1496~1525). 아스테카의 제11대이자 마지막 황제. 에르난 코르테스의 포위공격에 맞서 4개월간 수도 테노치티틀란을 방어했으나 1521년 8월 31일 스페인군에 생포되었다. 처음에는 예우를 받았으나 나중에는 아스테카의 보물이 숨겨진 곳을 대라며 두 다리를 불로 지지는 등의 고문을 당했다. 모진 고문에도 "여기엔 장미 침대가 없소."라고 말하며 저항했던 그의 극기는 전설이 되었다.

119 **스페인의 사자(獅子)** 스페인 국기의 방패 형상에 들어있는 사자 문장(紋章)을 말한다.

120 **새끼 사자들** 라틴아메리카의 스페인어 사용국들을 가리킨다.

121 **세이렌** 그리스 신화에 나오는 바다의 요정. 상반신은 여자이고 하반신은 새의 모습을 하고 있으며 영혼의 목소리를 낸다.

122 **몰로소스** 그리스 북서부 옛 몰로시아에 정착했던 아킬레우스의 후손들로 그리스인 사이에서 반(半)야만인들로 악명이 높았다.

123 **백마** 신약성서의 『요한 묵시록』에 등장하는 말을 가리킨다. 19장에서 백마를
탄 자가 천국의 군대를 지휘해서 짐승과 우상숭배자들을 격파하는데,
흔히 문맥상 예수로 해석된다.

124 **헬리오스** 그리스와 로마 신화에 등장하는 태양신. 새벽녘에 동방의 대양(大
洋) 오케아노스에서 솟아올라 하늘을 가로질러서 저녁에는 서쪽의 대
양으로 가라앉아 새벽녘까지 동쪽으로 이동한다고 여겨졌다. 비교적
후대의 신화에서는 동서에 두 개의 궁전을 가지고 있고, 사두(頭)의
신마(神馬)가 끄는 전차를 타고 하늘을 달리는 것으로 묘사되어 있다.

125 **히페리온** 그리스신화에 나오는 태양신. 그리스어로 '높은 곳을 달리는 자' 또
는 '높은 곳에 있는 자'라는 뜻이다.

126 **오사** 그리스 테살리아 라리사 지구에 있는 산. 펠리온과 올림포스 사이에
1,978m 높이로 솟아 있다.

127 **펠리온** 그리스 테살리아 남동부에 있는 산. 산 이름은 아킬레스의 아버지 펠
레우스 왕에게서 따온 것이다.

128 **티타니아** 달의 다른 이름.

129 **산초 판사** 돈키호테를 그림자처럼 따라다니는 시골뜨기 종자(從者)의 이름.

130 **희망** 원제목 'Spes'는 '희망'을 뜻하는 라틴어 단어.

131 **일어나서 걸어라!** 「요한복음」 11장에 나오는, 죽은 나자로를 살린 예수의 기
적을 가리킴.

132 **마르스** 로마 신화에 등장하는 군신(軍神)으로 그리스 신화의 아레스에 해당
함.

133 **켄타우로스** 그리스 신화에 나오는 반인반마(半人半馬)의 괴물.

134 **후안 R. 히메네스** Juan Ramón Jiménez(1881~1958). 스페인의 시인. 초기 작
품은 뛰어난 음악성과 풍부한 색채감이 넘쳤으나 『플라테로와 나
Platero y yo』 이후 담담하고 밀도 높은 '순수시(알몸의 시)'를 창조하
였다. 스페인과 라틴아메리카의 여러 시인들에게 큰 영향을 끼쳤으며
루벤 다리오의 친구이자 후원자, 편집자였다. 1956년 노벨문학상을

수상했다.

135 **푸블리우스 오비디우스 나소** Publius Ovidius Naso(B.C. 43~A.D. 17). 고대 로
마의 시인. 사랑의 즐거움을 노래한 연애시로 유명하며 『사랑의 기술』,
『변신 이야기』, 『애가(哀歌)』 등의 작품이 있다. 『변신 이야기』에는
백조가 된 퀴크노스 이야기가 나온다.

136 **가르실라소** Garcilaso de la Vega(1501~1536). 스페인 황금세기의 시인. 페트
라르카, 보카치오 등 이탈리아 르네상스 시인들을 연구, 뛰어난 기교
가로서 이탈리아 시의 운율을 서정적인 스페인의 운율로 변형시켰다.
참신한 시풍, 섬세한 묘사로 이후 스페인 시에 큰 영향을 끼쳤다.

137 **케베도** Francisco de Quevedo y Villegas(1580~1645). 스페인 바로크 시대의
시인이자 소설가. 풍자 시인으로 명성을 얻었으며 한때 나폴리의 부
왕 오스너공 밑에서 재무상을 지내기도 하였다. 피카레스크 소설인
『방랑아의 표본, 대악당의 거울, 돈 파블로스라는 협잡꾼의 생애』 등
의 작품이 있다.

138 **아랑후에스** 스페인 중부 마드리드 근교에 있는 도시. 스페인 왕실의 여름 별
궁이 있다.

139 **저들** 미국을 가리킨다.

140 **로드리고** 각주 88의 로드리고 디아스 데 비바르를 말하며 엘시드라는 이름으
로 알려져 있다.

141 **하이메** '정복자(el Conquistador)'로 불렸던 아라곤 왕국의 하이메 1세(Jaime I,
1208~1276)를 가리킴.

142 **알폰소** '현왕(el Sabio)'으로 불렸던 카스티야 왕국의 알폰소 10세(Alfonso X,
1221~1284)를 가리킴. 시와 음악을 썼으며, 기독교도와 무어인, 유대
인의 공존을 장려하고 톨레도에 번역학교를 세웠다.

143 **누뇨** Alfonso Nuño(?~1143). 12세기 스페인의 영웅으로 톨레도 근처에서 무
어인들과의 전투를 승리를 이끌었으며 그곳에 산 세르반테스라는 성
을 세웠다.

144 **이달고** 이달고였던 돈키호테를 상기시킨다.

145 **노쇠한 사자** 1898년 미국과의 전쟁에서 패배하여 마지막 남은 식민지를 상실하고 역사의 중심무대에서 사라져가던 스페인의 처지를 '노쇠한 사자'에 빗대고 있다.

146 **라파엘 누녜스** Rafael Wenceslao Núñez Moledo(1825~1894). 콜롬비아의 정치가·작가. 콜롬비아의 대통령을 여러 차례 역임하였으며, 콜롬비아합중국의 봉건체제를 철폐하고 1886년 콜롬비아 헌법을 선포하여 공화국의 기틀을 다졌다. 1893년 루벤 다리오를 부에노스아이레스 주재 콜롬비아 영사로 임명하였다.

147 **나는 무엇을 아는가?** Que sais-je? 『수상록』 제2권 제12장 레이몽 스봉의 변호에 나오는 말로, 몽테뉴의 회의주의의 표명으로 유명하다.

148 **디오스쿠로이** 그리스 신화에 나오는 쌍둥이형제인 카스토르와 폴리데우케스. '제우스의 아들들'이라는 뜻이다. 틴다레오스의 아내 레다의 아들들이고, 헬레네와 클리타임네스트라의 형제이다. 레다는 백조의 모습으로 변신하여 접근한 제우스와 관계를 맺어 그들을 낳았다.

149 **미제레레** 불가타성서의 「시편」 제50편 "미제레레 메이 데우스(miserere mei Deus: 주여 불쌍히 여기소서)"의 첫머리.

150 **암포라** 고대 그리스나 로마 시대에 쓰던, 양 손잡이가 달리고 목인 좁은 큰 항아리로 '두개의 손잡이'라는 뜻을 가지고 있다.

151 **봄에 부르는 가을 노래** 여기서 봄은 한 해의 네 철 가운데 하나를, 가을은 인생의 가을을 의미한다.

152 **G. 마르티네스 시에라** Gregorio Martínez Sierra(1881~1947). 스페인 모데르니스모 시기의 극작가. 루벤 다리오의 친구로 1908년 극작품 「젊음이여, 신성한 보물이여(Juventud, divino tesoro)」를 발표한 바 있다.

153 **살로메** 신약성서의 「마태복음」에 나오는 인물. 성서에는 이름이 밝혀져 있지 않으나 유대의 역사학자 요제프스(37?~100?)의 『유대 고사기(古事記)』에서 살로메라 적고 있다. 헤롯의 생일 축하연에서 춤을 추었는데, 헤

롯이 "네가 바라는 것은 무엇이든지 주겠다"고 하자 어미의 사주를 받은 살로메는 세례자 요한의 목을 달라고 청한다. 이는 세례자 요한이 헤롯과 그의 형수 헤로디아의 결혼을 평소 나쁘게 생각하여 나무랐기 때문이다.

154 **페플로스** 고대 그리스의 의복. 기원전 6세기 무렵부터 여성들이 착용하였으며, 그 후 아테네의 여성들이 이오니아식 키톤을 착용하면서부터 이것과 구별하여 도리스식 키톤이라고 부르게 되었다.

155 **공주** 「작은 소나타」에 등장하는 공주와 마찬가지로 루벤 다리오가 추구했던 시적 이상을 의인화하고 있다.

156 **루이스 데 공고라** Luis de Góngora y Argote(1561~1627). 스페인 문학의 황금 세기를 장식한 17세기 초 스페인의 시인. '교양주의(culteranismo)' 또는 '공고리스모(gongorismo)'라 불리는 난해한 작시법으로 후대에 많은 영향을 끼쳤으며 『폴리페모와 갈라테아의 우화』, 『고독』 등의 작품이 있다.

157 **초상** 벨라스케스가 그린 「루이스 데 공고라 이 아르고테의 초상」(1622)을 가리킨다.

158 **메도로** 루도비코 아리오스토(Ludovico Ariosto, 1474~1533)의 영웅 서사시 『성난 오를란도』의 주인공들로 연인 사이다. 공고라는 젊은 시절 「안젤리카와 메도로(Angélica y Medoro)」라는 제목의 연가를 쓰기도 했다.

159 **테오크리토스** Theocritos(B.C. 310?~B.C. 250). 고대 그리스의 시인. 시칠리아의 풍경과 목자를 노래한 전원시와 목가시로 유명하다.

160 **푸생** Nicolas Poussin(1594~1665). 17세기 프랑스의 화가. 프랑스 근대회화의 시조로서 신화·고대사·성서 등에서 소재를 택해 로마와 상상의 고대 풍경 속에 균형과 비례가 정확한 고전적 인물을 등장시킨 독창적인 작품을 그렸다.

161 **폴리페모** 공고라의 『폴리페모와 갈라테아의 우화』에 나오는 인물로 오비디우스의 『변신 이야기』에 등장하는 폴리페무스에서 빌려왔다.

162 **별을 뜯고** 공고라의 『고독』의 서두에 나오는 유명한 구절―"짙푸른 들판에서
　　　　별을 뜯는다(en campos de zafiro pace estrellas)"―을 인용하고 있다.
　　　　별을 뜯는다(en campos de zafiro pace estrellas)"―을 인용하고 있다.

163 **히포그리프** 말의 몸에 독수리 머리와 날개를 가진 괴물.

164 **포르투나** 고대 로마의 운명의 여신. 그리스 신화의 티케에 해당한다.

165 **루나** 달의 여신.

166 **이오니아** 에게 해와 면한 아나톨리아(현재의 터키의 아시아 부분)의 서남부를
　　　　이르는 고대의 지명.

167 **시녀들** 벨라스케스의 「시녀들」을 암시한다.

168 **E. 디아스 로메로** Eugenio Díaz Romero(1877~1927). 아르헨티나의 시인. 부에
　　　　노스아이레스 시절 루벤 다리오의 동료.

169 **야누스** 로마 신화에 나오는 문(門)의 수호신으로 동시에 과거와 미래를 알 수
　　　　있는 능력을 지녔다. 고대 로마인들은 문에 앞뒤가 없다고 생각하여
　　　　두 개의 얼굴을 가지고 있는 것으로 여겼으며, 미술 작품에서는 네
　　　　개의 얼굴을 가진 모습으로 그려지기도 했다.

170 **도밍고 볼리바르** Domingo Bolívar. 루벤 다리오가 1901년 파리에서 만나 교
　　　　우했던 콜롬비아 출신의 화가로 이 시는 1903년 그가 워싱턴에서 자
　　　　살 한 뒤에 씌어졌다.

171 **마누엘 마차도** Manuel Machado(1874~1947). 스페인의 시인. 동생인 시인 안
　　　　토니오 마차도와 함께 '마차도 형제'라 불린다. 고향 안달루시아를 노
　　　　래한 관능적이며 음악성이 풍부한 시가 많다. 『삶과 희망의 노래』가
　　　　출간되기 전 파리에서 루벤 다리오와 긴밀한 친교를 나누었다.

172 **마리아노 데 카비아** Mariano Francisco de Cavia y Lac(1855~1920). 당대를 대
　　　　표했던 스페인의 저널리스트로 마드리드의 문학 동호회(테르툴리아)
　　　　에 열렬히 참여했다.

173 **레네 페레스** René Pérez Mascayano. 루벤 다리오가 파리에서 교우했던 칠레
　　　　출신의 사업가 · 피아니스트 · 작곡가.

『방랑의 노래 El canto errante』(1907)

174 **안토니우스** Marcus Antonius(B.C. 82?~B.C. 30). 고대 로마의 정치가로 옥타
　　비아누스, 레피두스와 함께 제2차 삼두정치를 성립하였다. 동방원정
　　에 전념하여 여러 주를 장악하고 군사·경제적으로 막강한 세력을 쌓
　　았다. 이집트 여왕 클레오파트라를 아내로 삼았으며 옥타비아누스와
　　의 악티움해전에서 패하여 자살하였다.

175 **갈리아** 고대 로마인이 갈리아인이라고 부르던 켈트족이 B.C. 6세기부터 살던
　　지역. 북이탈리아·프랑스·벨기에 일대, 즉 라인·알프스·피레네
　　및 대서양으로 둘러싸인 지역을 말한다.

176 **아아!** ¡Eheu! 호라티우스가 그의 송가 중 하나를 시작하기 위해 사용했던 라
　　틴어 단어: "Eheu! fugaces labuntur anni(아아 세월은 유수같이 흘러가
　　도다)."

177 **라티움** 이탈리아의 중부, 테베레 강의 동남부에 있던 옛 왕국으로 고대 로마
　　의 발상지.

178 **몽상가** '몽상가'에 해당하는 단어 'Nefelibata'는 '구름'을 뜻하는 그리스어 단
　　어 'nefele'에서 왔다.

179 **안토니오 마차도** Antonio Machado y Ruiz(1875~1939). 스페인의 시인으로 '98
　　년대' 작가 중의 한 사람이며, 루벤 다리오의 영향을 받아 모데르니
　　스모 운동에 앞장섰다. 장엄하고 명상적인 시풍으로『카스티야 평원』,
　　『새로운 노래』등의 작품을 남겼다. 이 시는 에스파사-칼페(Espasa-
　　Calpe) 출판사에서 나온 마차도의『시 전집 Poesías completas』에 권두
　　시로 실려 있다.

『가을의 시 외 Poema del otoño y otros poemas』(1910)

180 **마리아노 미겔 데 발** Mariano Miguel de Val(1875~1912). 20세기 초에 활동
    한 스페인의 작가.

181 **징가** 17세기 아프리카 남서부 앙골라 제국의 여왕으로 식인 습관과 남자 노
    예들에 대한 성적 학대로 악명이 높았다. 검은 피부의 힘센 전사들에
    게 싸우도록 한 다음 승리한 전사와 잠자리를 함께하고 나서 잔혹하
    게 죽여 버렸다고 한다.

182 **인간이여, 기억하라** 사순절 첫날인 재의 수요일에 사제가 신자의 머리에 재를
    바르며 하는 라틴어 경구 "Memento homo, quia pulvis es, et in pulverem
    reverteris(인간이여, 너는 흙이며 흙으로 다시 돌아갈 것임을 기억하
    라)"의 일부.

183 **오마르 카이얌** Omar Kayam(1048~1123). 페르시아의 시인·철학자·천문학
    자·수학자. 16세기에 나온 그레고리 달력보다 더 정확한 달력을 만
    들었고, 3차방정식의 기하학적 해결을 연구하였으며, 그의 4행 시집
    인 『루바이야트』는 피츠제럴드가 영어로 번역한 후에 세계적으로 널
    리 알려졌다.

184 **실바누스** 로마 신화에 나오는 숲과 들판의 신.

185 **빌라도** 티베리우스 황제 때 유다 속주의 총독이었다. 예수가 유대인들의 고
    소로 잡혀오자, 무죄를 인정하면서도 민중의 강요에 굴복하여 강도
    바라바를 대신 석방하고 예수에게 사형을 선고하였다.

186 **베로나** 이탈리아 베네토 주에 있는 도시로, 예로부터 교통의 요지, 상업의 중
    심지였다.

187 **룻** 「룻기」의 여주인공. 모압 여자로 이스라엘인과 결혼. 남편 사후 시어머니
    나오미를 따라 베들레헴에 이르러, 가난한 생활 중에도 시모를 효성
    으로 봉양했다. 당시의 관습에 따라 남편의 친척인 부자 보아스에게
    개가, 오벳을 낳아 다윗의 조상, 또는 예수그리스도의 조상 중 한 사

람이 되었다.

188 **에로스** 그리스 신화에 나오는 사랑의 신.

189 **아가서** 솔로몬이 술람미 여인에게 보낸 연서. "남녀 간의 사랑을 아름답게 묘사한 것"이라는 주장부터 "예수의 교회 사랑을 남녀의 사랑에 빗대어 표현한 것"이라는 주장에 이르기까지 상반된 해석이 존재한다.

190 **프리아포스** 디오니소스와 아프로디테의 아들로 들판·정원·과수원의 신. 과장되어 있는 남근이 특징으로 다산과 풍요를 상징한다. 남근 위에는 농작물이 한가득 놓여있다.

191 **키프로스** 비너스의 별명이자 비너스가 살았던 섬의 이름.

192 **헤카테** 그리스 신화에 나오는 달의 여신으로 흔히 아르테미스와 동일시되고, 지하의 여신으로서는 정령·주법(呪法)의 여신이 되어 사자(死者)의 넋을 인도한다고 생각되었다. 그녀의 모습을 사람은 볼 수 없으나 개는 볼 수 있었다. 또한 그녀는 한밤중에 횃불을 들고 지옥의 개떼를 거느리고 3차로에 나타나는 여신으로 생각되었다.

193 **엔디미온** 그리스 신화에 나오는 미소년. 엘리스의 왕이었다고도 하며, 제우스의 아들 또는 손자라고도 한다. 또 라트모스산에서 양을 치는 청년이었다고도 하는데, 달의 여신 셀레네가 그의 잠자는 모습에 끌려 영원히 깨어나지 못하게 하였다고 한다. 여신이 밤마다 찾아와 그와 관계하여 50명의 딸을 낳았다고 하는데, 이는 올림피아드 축제의 기간이 50개월인 데서 만들어진 이야기로 보인다.

194 **아나디오메네** 사랑과 미, 풍요의 여신인 비너스의 별명.

195 **프리네** '헤타이라(Hetaira)'라 불리는 고대 그리스의 고급 매춘부로 아름다움의 화신이었으며, 조각가 프락시텔레스는 아프로디테 신상을 제작할 때 그녀를 모델로 삼았다. 프리네는 아프로디테의 모델을 하기 위해 축제 때 머리를 길게 늘어뜨린 후 알몸으로 바닷속으로 걸어 들어갔다고 한다.

196 **트리톤** 그리스신화에 나오는 해신. 바다의 신 포세이돈과 암피트리테의 아들

로서 상반신은 인간, 하반신은 인어의 모습이다.

197 **마르가리타 데바일레** Margarita Debayle(1900~1983). 이 시에 영감을 준 인물로 이 시가 쓰일 당시에 어린 소녀였다. 스페인어권에서 이 시는 어머니들이 자녀들에게 즐겨 들려주는 시로 잘 알려져 있다. 니카라과의 작가이자 정치가인 세르히오 라미레스(Sergio Ramírez Mercado)는 멕시코 작가 카를로스 푸엔테스(Carlos Fuentes)의 제안에 따라 2001년 알파과라 문학상 수상작인 자신의 소설에 『마르가리타, 바다는 아름다워 Margarita, está linda la mar』라는 제목을 붙이기도 했다.

198 **세라핌** 옛 히브리어 성서의 「이사야서」에서 한 차례 등장하는 초자연적인 존재 가운데 하나. 인간과 닮은 모습으로 세 쌍의 날개를 가졌으며, 9품 천사 가운데 가장 높은 치품천사에 해당한다.

199 **프란체스코 다시시** Francesco d'Assisi(1182-1226). 가톨릭의 성인으로 프란체스코회의 창립자. 중부 이탈리아 아시시의 유복한 상인의 아들로 태어나 젊어서는 향락을 추구하였고 기사가 될 꿈을 가지기도 하였으나, 20세에 회심하여 모든 재산을 버리고 평생을 청빈하게 살며 이웃 사랑에 헌신했다.

200 **루시퍼** 기독교에서 사탄이나 악마의 또 다른 이름으로 사용되지만 실제로는 '횃불의 운반자'라는 뜻이며 '계명성'으로 번역된다.

201 **벨리알** 유대교 외경에 나오는 단어로 부도덕이나 가치 없음과 같은 악에 성격을 부여하여 사용하는 말이다. 원래 보통명사였지만 사도 바울은 이 말을 그리스도와 대립되는 사탄의 다른 이름으로 사용하였다.

202 **몰록** 이스라엘의 이웃인 암몬족이 숭배한 무시무시한 신. 그들은 금속으로 된 거대한 몰록 신상을 용광로처럼 가열한 뒤 방금 죽인 갓난아기를 몰록의 팔에 올려놓고 번제를 지냈다.

『아르헨티나 찬가 외 Canto a la Argentina y otros poemas』(1914)

203 **아르헨티나 찬가** 아르헨티나 일간지『라 나시온』의 청탁을 받아 아르헨티나
독립 백주년을 기념하여 쓴 시. 1,000행 이상으로 이루어진 이 시는
루벤 다리오의 시 중에서 가장 긴 시작품으로 아르헨티나 번영의 상
징으로 팜파스와 부에노스아이레스, 라플라타 강을 찬양하고 있다.
본문에 수록된 시『아르헨티나 찬가』는 전체 시의 일부만 번역하여
수록하였다.

204 **카라벨라** 콜럼버스 시대에 사용된 중형 범선으로 2~3개의 돛대와 불리한 바
람에서도 항해를 쉽게 하는 삼각돛을 갖추었다.

205 **엘도라도** 남아메리카의 아마존 강변에 있다고 상상된 황금향(黃金鄕).

206 **황금양피** 그리스 신화에 등장하는 콜키스의 국보.

207 **가나안** 성서에 자주 등장하는 지명으로 하느님이 아브라함과 그의 자손들에
게 준 "젖과 꿀이 흐르는" 땅. 땅 이름은 노아의 세 아들 중 하나였던
함의 아들 가나안에서 유래했다. 그리스도교에서 가나안은 흔히 하느
님의 백성들을 위한 '약속의 땅', 천국을 가리킨다.

208 **차르** 슬라브계 여러 국가의 군주 칭호. 어원은 라틴어의 '카이제르'이다.

209 **무지크** 제정 러시아 시대의 농민.

210 **팜파스** 아르헨티나를 중심으로 하는 대초원. 인디오 말로 평원을 뜻한다.

211 **사모바르** 러시아의 가정에서 물을 끓이는 데 사용하는 주전자. 러시아어로
'자기 스스로 끓는 용기'라는 뜻으로, 18세기에 홍차가 보급되면서
함께 발달했다.

212 **레베카** 구약성서에 나오는 이삭의 아내.

213 **루벤** 구약성서에 나오는 야곱의 장남으로 이스라엘 12부족 중 한 부족의 조
상이 되었으나 서모 빌하를 간통한 죄로 장자의 권리와 유업을 잃었
다.

214 **사라** 구약성서에 나오는 아브라함의 아내, 이삭의 어머니.

215 **베냐민** 구약성서에 나오는 인물로 라헬이 낳은 야곱의 12아들 중 막내이며, 이스라엘 민족의 12부족 중 한 부족의 족장이다.

216 **시온** 이스라엘과 요르단 사이의 예루살렘에 있는 언덕. 솔로몬이 여호와의 신전을 건립한 이래 '성스러운 산'이라 하여 유대 민족의 신앙 중심지가 되었다.

217 **게르마니아** 고대 로마인이 정복되지 않은 게르만인의 거주지에 붙인 이름.

218 **바스코니아** 중세 때 오늘날의 바스크 지방에 존재했던 공국.

그 밖의 시

219 **아트리움** 고대 로마의 건축에서 실내에 설치된 중앙의 넓은 뜰.

220 **피타고라스** Pythagoras(B.C.580?~B.C.500?). 그리스의 종교가·철학자·수학자. 피타고라스는 만물의 근원을 '수(數)'로 보았으며, 수학에 기여한 공적이 매우 커 플라톤, 유클리드를 거쳐 근대에까지 영향을 미쳤다.

221 **네메아** 그리스의 펠로폰네소스반도 북동부에 있는 유적지. 헤라클레스에 의해 퇴치되었다는 '네메아의 사자(獅子)'의 전설로 잘 알려진 곳이다.

222 **삼종기도** 가톨릭에서 아침·정오·저녁의 정해진 시간에 그리스도의 강생과 성모마리아를 공경하는 뜻으로 바치는 기도. 삼종이란 종을 세 번 친다는 데서 나온 말이다.

작가 연보

1867년 1월 18일 마누엘 가르시아(Manuel García)와 로사 사르미엔토(Rosa Sarmiento)의 아들로 니카라과의 메타파에서 출생. 본명은 펠릭스 루벤 가르시아 사르미엔토(Félix Rubén García Sarmiento).

1869년 이모부 펠릭스 라미레스 마드레힐(Félix Ramírez Madregil) 대령과 이모 베르나르다 사르미엔토(Bernarda Sarmiento)의 양자로 들어감.

1870년 유년기에 하녀 세라피아(Serapia)가 들려주는 공포 이야기에 감화를 받음.

1880년 7월 28일 『온도계(El Termómetro)』라는 니카라과 일간지에 첫 시들을 발표.

1881년 루벤 다리오(Rubén Darío)라는 필명을 사용하기 시작. 레온의 아테네오 개막식에서 자신의 시를 낭독.

1882년 엘살바도르로 건너가 중등학교 문법 교사로 일함. 프랑스 시에 정통했던 엘살바도르 시인 프란시스코 가비디아(Francisco Gavidia)와 교우.

1883년 니카라과로 돌아와 호아킨 사발라(Joaquín Zavala) 대통령의 비서로 일함. 신문에 시, 일화, 정치기사 기고.

1886년 6월 23일 칠레의 발파라이소에 도착. 8월 산티아고로 이주하여 칠레 대통령의 아들 페드로 발마세다 토로(Pedro Balmaceda Toro)와 친분을 쌓음.

1887년 발파라이소로 돌아가 세관 검사관으로 일함. 3월 산티아고에서 시집 『엉겅퀴 Abrojos』 출판.

1888년 7월 발파라이소에서 모데르니스모 시 혁명의 기폭제가 된 시·산문집 『푸름…… Azul...』 출간.

1889년 2월 부에노스아이레스의 일간지 『라 나시온 La Nación』에 기고하기 시작함. 니카라과와 엘살바도르에 체류.

1890년 6월 21일 라파엘라 콘트레라스 '스텔라'(Rafaela Contreras "Stella")와 결혼. 이튿날 엘살바도르 대통령으로 그의 옹호자였던 메넨데스(Menéndez) 장군이 암살되자 망명길에 올라 6월 30일 과테말라에 도착함. 10월 20일 과테말라에서 스페인의 소설가이자 비평가인 후안 발레라(Juan Valera)의 서문이 실린 『푸름……』 재판이 출간됨.

1891년 2월 11일 과테말라 대성당에서 라파엘라와 정식으로 결혼함. 8월 그가 주도하던 일간지 『오후의 우편 El Correo de la Tarde』에 대한 정부 보조금이 끊어지자 코스타리카로 건너감.

1892년 산호세에서 루벤 다리오 콘트레라스(Rubén Darío Contreras) 출생. 5월 15일 처자식을 코스타리카에 남겨두고 과테말라로 돌아감. 6월 니카라과 대표로 신대륙 발견 400주년 기념식에 참석하기 위해 스페인을 여행함. 마드리드에서 카스텔라르(Emilio Castelar), 누녜스 데 아르세(Gaspar Núñez de Arce), 소리야(José Zorilla), 메넨데스 펠라요

(Marcelino Menéndez Pelayo), 캄포아모르(Ramón de Campoamor y Campoosorio) 등을 만남.

1893년 1월 23일 엘살바도르에서 라파엘라 콘트레라스 사망. 3월 친구인 안드레스 무리요(Andrés Murillo)의 강권에 그의 여동생 로사리오 무리요(Rosario Murillo)와 결혼. 뉴욕으로 건너가 쿠바의 사상가·시인인 호세 마르티(José Martí)를 만나고, 이어 파리를 방문하여 그의 시에 절대적인 영향을 끼친 폴 베를렌을 만남. 8월 13일 콜롬비아 명예영사로 부에노스아이레스에 도착하여 페데리코 감보아(Federico Gamboa), 레오폴도 루고네스(Leopolodo Lugones), 하이메스 프레이레(Ricardo Jaimes Freire), 라파엘 오블리가도(Rafael Obligado) 등과 교우. 12월 26일 로사리오 무리요와의 사이에서 아들 루벤 다리오가 태어나다 몇 주 후 파상풍으로 사망.

1895년 5월 3일 어머니 로사 사르미엔토 사망.

1896년 부에노스아이레스에서 에세이집 『기인들 Los raros』과 모데르니스모의 절정을 보여주는 시집 『세속적 세퀜티아 외 Prosas profanas』 출판.

1898년 미국-스페인 전쟁 이후의 국가 정세를 취재하기 위해 『라 나시온』의 특파원으로 스페인을 방문함.

1899년 1월 바르셀로나를 거쳐 마드리드에 도착하여 우나무노(Miguel de Unamuno), 마차도 형제(Manuel Machado와 Antonio Machado), 피오 바로하(Pío Baroja), 바예-인클란(Ramón María del Valle-Inclán), 하신토 베나벤테(Jacinto Benavente), 후안 라몬 히메네스(Juan Ramón Jiménez) 등과 교우하면서 스페인에 모데르니스모를 전파함.

1900년 5월 마드리드의 카사 데 캄포에서 프란시스카 산체스(Francisca Sánchez)를 만나 여러 해 동안 부부로 살아감. 4월 세계박람회를 취재하기 위해 파리 방문. 9월 이탈리아로 여행을 떠나 피사, 로마, 나폴리를 방문하고 교황 레오 13세를 알현함.

1901년 파리에서 『세속적 세퀜티아 외』 증보판과 여행기 『순례 Peregrinaciones』 출판. 3월 딸 카르멘 다리오 산체스(Carmen Darío Sánchez)가 태어났으나 아버지를 보지도 못하고 이내 천연두로 사망.

1903년 3월 파리 주재 니카라과 영사로 임명되어 유럽을 여행함. 시인이 '포카스(Phocás)'라는 별명을 붙인 둘째아이가 태어남.

1904년 알코올 중독 증세가 심해졌고 6월에는 '포카스'가 기관지 폐렴으로 사망함.

1905년 시집 『삶과 희망의 노래 Cantos de vida y esperanza』가 후안 라몬 히메네스의 편집책임 하에 마드리드에서 출간됨.

1906년 니카라과 정부에 의해 제3차 범미주회의 니카라과 대표단의 일원으로 리우데자네이루에 파견됨.

1907년 스페인의 마요르카에서 소설 『황금 섬 La isla de oro』 집필을 시작하고 몇 개의 장이 『라 나시온』에 실리나 완성하지 못함. 이혼을 거부하는 로사리오 무리요와 법정 수속을 밟기 위해 니카라과로 돌아감. 마드리드에서 시집 『방랑의 노래 El canto errante』가 출간됨. 10월 시인이 구이초(Güicho)라는 별명을 붙여주었던 아들 루벤 다리오 산체스(Rubén Darío Sánchez)가 태어남.

1908년   마드리드 주재 니카라과 공사로 임명됨.

1910년   마드리드에서 시집『가을의 시 외 Poema del otoño y otros poemas』
가 출간됨. 멕시코 독립 100주년 기념행사 사절로 멕시코에 머무는 동
안 에스트라다(Juan José Estrada)의 혁명으로 니카라과의 셀라야(José
Santos Zelaya) 정부가 붕괴되어 직위를 박탈당함.

1911년   파리에서 잡지『세계(Mundial)』과『엘레강스(Elegancias)』편집장에 취
임.

1912년   4월부터 11월까지『세계』홍보 차 스페인과 라틴아메리카를 여행함.
연말에는 바르셀로나에 머물면서 에우헤니오 도르스(Eugenio d'Ors)
등 카탈루냐 문인들과 교우.

1913년   마요르카에 머무는 동안 알코올 중독으로 건강이 악화되고 죽음에 대
한 강박에 시달림.

1914년   5월 마드리드에서 시집『아르헨티나 찬가 외 Canto a la Argentina y
otros poemas』가 출간됨. 제1차 세계대전이 발발하자 프란시스카와
두 자녀를 남겨두고 라틴아메리카 국가들을 위해 평화주의를 옹호할
목적으로 미국으로 향함.

1915년   뉴욕을 떠나 과테말라에서 과거의 적인 에스트라다 카브레라(Estrada
Cabrera)의 비호를 받았으며 강압적으로 독재자를 칭송하는 시를 씀.
건강이 악화된 틈을 타 로사리오 무리요가 그를 니카라과로 데려감.

1916년   2월 6일 유년기를 보낸 니카라과의 레온에서 49세의 나이로 사망. 2월
13일 레온 대성당에 묻힘.

1924년 유고 자서전『자신의 손으로 쓴 루벤 다리오의 삶 La vida de Rubén
          Darío escritra por él mismo』이 바르셀로나에서 출간됨.

1926년 『루벤 다리오 서간집 Epistolario de Rubén Darío』 출판.

그의 시는 여전히 푸르다

1. 모데르니스모를 주창한 시인

루벤 다리오(Rubén Darío, 1867~1916)는 19세기 말~20세기 초 라틴 아메리카에서 전개된 혁신적 문학운동인 모데르니스모(Modernismo)를 주창한 시인으로 널리 알려져 있다. 이런 이유로 그에 대한 논의는 모데르니스모를 어떻게 정의할 것인가의 문제와 불가분의 관계에 놓여 있다. 모데르니스모는 흔히 현실에 등을 돌린 도피주의 문학, 상아탑의 예술로 간주되어 왔다. 실제로 모데르니스타들은 19세기 내내 라틴아메리카를 뒤흔든 전제적인 통치자들에 맞선 정치투쟁을 도외시하였으며, 프랑스 상징주의와 고답파의 세례 속에 스스로를 예술 엘리트로 규정하고 새로운 감수성을 담아낼 정제된 언어와 기법의 혁신을 꾀했다. 물론 루벤 다리오도 예외가 아니었다. 모데르니스모 선언문이나 다름없는 『세속적 세퀜티아 외』 서문에서 그는 "나의 부인은 이 땅의 여자지만, 나의 애인은 파리의 여인이다."라고 토로한 바 있고, 같은 시집에 실린 「방랑」에서는

225

"난 그리스인들의 그리스보다 / 프랑스의 그리스를 더 사랑한다."
라고 노래하고 있다. 이처럼 낙후된 지역 현실에 환멸을 느끼고 동
시대의 중심부 문학장을 욕망했던 다리오는 정신적 사대주의자,
뿌리 뽑힌 시인이라는 비판에서 자유로울 수 없었다.

2. 시대의 위기에 대응하는 리얼리즘 정신

일찍이 1950년대에 영국의 고전주의자 C. M. 바우라는 『영감과
시』에서 다리오를 언급하면서 "그의 철학의 부재는 예술이 거의
존재하지 않는 나라에서 예술에 첫사랑을 준, 그리고 그런 이유로
다른 무엇보다 예술을 보물처럼 애지중지할 뿐 그 너머를 바라볼
필요성을 느끼지 못하는 사람의 자연스러운 조건"이라고 폄하한
바 있다. 다리오의 문학에 철학적, 윤리적, 사회적 성찰이 결여되
어 있다고 단정 짓는 이 논평은 명백히 인종주의적이고 서구중심
주의적인 시각에 입각해 있다. 우루과이 사상가이자 문학가인 호
세 엔리케 로도 역시 "루벤 다리오는 아메리카의 시인이 아니다."
라고 비판함으로써 현실에서 도피하여 관념적 세계를 좇는 시인이
라는 다리오의 이미지를 굳히는 데 일조했다. 다리오 역시 자신의
작품들에 대해 "교육이나 교화의 의도가 전혀 없는 순수한 예술
품"이라고 말한다. 이렇듯, 다리오는 문학에는 문학 외적 목적이
일절 개입되어서는 안 된다는 입장을 견지한다. 물론 모데르니스

타 시인들이 이그조티시즘, 에로티시즘, 오컬티즘처럼 새로운 미적 감수성에 부응하는 새로운 주제를 제공한 것은 사실이다. 그러나 예술가로서 다른 어떤 것에도 복무하지 않는다는 것이 인간 현실의 한계와 조건을 표현하는 담론의 구축을 근본적으로 가로막지는 못한다. 가령, 단편 「부르주아 왕」이나 시 「시인과 왕」 같은 작품에는 부르주아 사회에서 소외된 존재로서의 시인의 초상이 그려져 있다. 모데르니스모 시기는 사회적, 문화적으로 격동의 시기였다. 실증주의와 과학주의에 밀려 과거의 규범과 전통이 위기에 봉착하자 예술가는 속물적 물질주의가 지배하는 근대 부르주아 사회에서 주변인적 존재로 전락했다. 여기에서 예술가가 추구하는 미학적 이상과 세계의 불화, 다시 말해 마테이 칼리니스쿠가 『모더니티의 다섯 얼굴』에서 제시한 부르주아 모더니티와 미학적 모더니티 간의 충돌이 첨예하게 드러난다. 자유와 아우라를 박탈당한 시인들은 부르주아 사회의 경멸에는 경멸로 맞서고, 대중의 무관심에는 아이러니와 의도적 고립을 통해 상아탑을 구축함으로써 상처받은 자의식을 지켜내고자 했다. 이런 의미에서 반예술적인 사회에 대한 비판은 급격한 이데올로기적, 사회적, 정치적 변화를 겪고 있던 세계에서 예술가들이 느낀 정신적 공허에 대한 저항의 표현에 다름 아니다. 전통적으로 상상의 세계에 천착하는 도피주의로 폄훼되었던 모데르니스모는 이처럼 그 배후에 시대의 위기에 대응하는 리얼리즘 정신을 내포하고 있었던 것이다.

3. 모더니티를 지향한 종합적 시대정신

쿠바의 모데르니스타 시인이자 사상가인 호세 마르티가 올바로 지적했듯이, 어느 누구도 자신의 시대에서 자유롭지 못하다. 모데르니스타들에게는 이국취향의 귀족주의가 실은 현실에서 금지된 미학적, 이상적 열망을 구체화하는 한 방식인 것이다. 적대적이고 추악한 현실에 의해 내몰린 예술가들이 숨어드는 관념적 현실은 역설적이게도 비현실성이 결여된, 생동하는 현실의 빛을 취한다. 이런 관점에서 우루과이 비평가 앙헬 라마는 다리오의 보편주의에 내재된 라틴아메리카적 성격에 주목한다. 그는 19세기 말 종속적 자본주의의 근대화과정에서 촉발된 사회·문화적 변화의 맥락에서 모데르니스모를 당대의 모더니티에 대응하는 문예전략의 일환으로 이해한다. 같은 관점에서, 옥타비오 파스는 이렇게 지적한다. "모데르니스모는 아메리카 현실로부터의 도피였다고 얘기해 왔다. 그러나 보편적 현재, 유일한 진정한 현실을 찾아 지역적 현실로부터 탈주한 것이라고 말하는 편이 더 정확할 것이다." 결국, 모데르니스모의 세계주의는 라틴아메리카의 진공상태에 대한 비판이며, 다리오의 문학에서 두드러지는 이국취향이나 그리스·로마 신화에 대한 천착, 절대미의 추구, 에로티시즘은 통합적 질서의 회복에 대한 열망의 표현으로서 부르주아 모더니티에 대한 안티테제의 성격을 갖는다. 또 그가 표방하는 예술지상주의는 삶에 대한 예술의 승리 선언인 동시에 근대성의 매혹과 환멸에 대한 예리한 인식을 드러내며, 모더니티를 찬양하는 동시에 물질주의적인 삶의 방식을 통렬하게 비판했던 세기말 예술가들의 태도를 전경화한다. 따라서 모데르니스모를 루벤 다리오라는 예외적 천재에 의해 주도된 문학 흐름으로 규정하는 것은 오류다. 모데르니스모는 단순한 시문학 쇄신운동이라기보다 모더니티를 지향한 종합적 시대정신의 산물이기 때문이다.

4. 모데르니스모의 존재양식

세계주의와 지역주의 간의 긴장과 대립은 "이중의 유혹"으로 라틴아메리카 시에서 항상적으로 되풀이되어 왔다. 다리오의 문학 역시 세계주의적인 동시에 라틴아메리카적이다. 이 표현은 분명 의미론적으로 틀렸다. 그러나 그의 시는 절대적으로 순수할 뿐만 아니라 급진적으로 현실참여적이기도 하다. 이런 의미에서 『삶과 희망의 노래』 서문에서 시인 자신이 한 말은 의미심장하다. "이 노래들에 '정치'가 있다면, 그것은 '보편적'으로 보이기 때문이다. [중략] 어쨌든, 나의 항의는 티 없이 맑은 백조들의 날개 위에 씌어졌다." 백조와 정치가 공존할 수 있는 모순어법이 바로 루벤 다리오 문학, 더 나아가 모데르니스모의 존재양식이다. 이처럼 다리오의 작품은 뿌리뽑힘과 뿌리내림, 도피와 참여 사이를 오르내리는 라틴아메리카 정신의 변증법적 운동을 체현한다.

한편, 다리오의 무게중심이 급격하게 당면한 현실 문제로 옮겨가게 된 계기는 1898년 스페인과 미국의 전쟁이었다. 「백조」에서 "아메리카의 아들이요, 스페인의 손자"임을 천명한 시인은 「루스벨트에게 고함」에서 그리스·라틴 전통의 뿌리에 대한 긍정과 결연한 반제국주의적 입장을 표명하며 치열한 현실인식을 드러낸다. 이 시들은 파스가 말한 "텅 빈 신화"와 "니힐리즘적 미학", 그리고 후안 발레라가 말한 "정신적 프랑스주의"의 안티테제를 이루면서 모데르니스모의 복잡성을 증거한다. 특히, 1898년 발표한 에세이 「칼리반의 승리」는 다리오가 비정치적 시인에서 급진적 아리엘주의자(라틴아메리카주의자)로 탈바꿈하는 터닝포인트가 된다. 이 글은 미국과의 전쟁에서 스페인이 패배하면서 라틴아메리카 지식인들 사이에서 촉발된, 미국의 패권주의에 대한 비판과 저항의 메시지를 담고 있다. 다리오는 이 글에서 허울 좋은 범아메리카주의의 이면에 감춰진 미국의 물질주의적 욕망과 팽창주의적 야심에 맞서 정신주의에 토대한 강력한 "라틴동맹(Unión latina)"을 결성할 것을 주창하면서 라틴아메리카 정체성에 대한 재정의를 모색한다. 세계주의 성향으로 인해 흔히 상아탑의 탐미주의자로 평가받았고 심지어 로도로부터 "아메리카의 시인이 아니다"라는 조롱까지 받았던 다리오가 그보다 2년이나 앞서 반미(反美)와 스페인주의, 범라틴아메리카주의를 선양하는 '문화적 팸플릿'을 발표했다는 것은 주목할 만하다.

지금까지 살펴본 것처럼, 모데르니스모는 몇 마디로 정의하기에
는 너무 복잡하고 모순적인 미학이다. 모데르니스모는 하나가 아
닌 여럿이다. 앤더슨 임버트는 모데르니스모는 존재하지 않는다고
까지 말한다. 다리오의 얼굴도 마찬가지로 여럿이다. 모데르니스모
의 본격적인 시작을 알린『푸름……』, 에로틱한 요소와 이국적 이
미지를 통해 언어와 상상력의 완벽한 조화를 보여주는『세속적 세
퀜티아 외』, 그리고 삶에 대한 예리한 인식과 내밀한 성찰이 엿보
이는『삶과 희망의 노래』에 이르기까지 다리오는 한곳에 머물러
있기를 거부하고 자신의 문학에 항상 의문부호를 던졌던 영원한
여행자였다. 그의 삶과 문학을 관통하는 노마드적 성격은 니카라
과의 소도시 메타파에서 태어난 주변부 지식인의 피할 수 없는 운
명이었는지도 모른다. 따라서 그의 시를 모데르니스모의 틀 안에
가두고,『푸름……』과『삶과 희망의 노래』가 출간된 1888년과 1905
년을 모데르니스모 운동의 결정적 시기로 단정 짓는 것은 그의 문
학의 풍요로움을 훼손하고 모데르니스모의 본질을 흐리는 일이다.
다리오는 우리에게 원주민주의자나 스페인주의자, 라틴아메리카주
의자, 혹은 범아메리카주의자로 보일 수 있고, 사회 시인이나 탐미
주의 시인으로 보일 수도 있다. 그 모든 것을 아우르는 그의 문학
은 광활한 바다를 이루며 그의 새로운 감수성은 한계를 모른다. 삶
의 경험 일체를 통합하고자 하는 그 범신론적 세계관을 고려한다
면 전혀 이상할 게 없다.

5. 스페인 문학에 가장 큰 족적을 남긴 라틴아메리카 시인

루벤 다리오가 남긴 문학적 유산은 깊고도 넓다. 세기말의 주된 혁신적 경향들을 종합해낸 그의 문학은 프랑스 상징주의의 단순한 지역적 변형을 뛰어넘어 강렬하고도 지속적인 문학적 혁신을 촉발함으로써 서구문학의 영향에 기인하여 라틴아메리카 문학이 자기 발견에 도달한 탁월한 사례를 제공한다. 그의 문학은 대서양을 가로질러 미겔 데 우나무노, 후안 라몬 히메네스, 마차도 형제, 바예 인클란 등 스페인의 98세대에까지 폭넓은 반향을 불러일으킴으로써 문화적·정신적 차원에서 식민 모국의 헤게모니가 종언을 고했음을 알렸다. 그는 스페인 내전의 어두운 그림자가 짓누르던 스페인 문단에서 27세대 시인들과 교유하며 새로운 세대의 총아로 떠올랐던 네루다와 더불어 스페인 문학에 가장 큰 족적을 남긴 라틴아메리카 시인으로 남아있다. 제1차 세계대전 이후 아방가르드의 등장과 함께 시인들은 지나치게 수사적이고 장식적이며 케케묵었다는 이유로 모데르니스모 미학에 등을 돌리기도 했다. 그러나 1910년, 작가들로 하여금 상아탑에서 내려와 당면한 현실에 대처하게 한 멕시코혁명이 발발하고 엔리케 곤살레스 마르티네스가 "백조의 목을 비틀어라."로 시작하는 선언적 소네트를 발표하는 격변의 소용돌이 속에서도 그의 생명력은 꺼지지 않았다. 역설적으로 그는 내면적 성찰과 신세계적 요소, 간결한 표현이 두드러지는 후기모데르니스모, 더 나아가 비센테 우이도브로로 대표되는 라틴아메리카 아방가르드 문학의 정신을 선취하였으며, 스타일의 차이에도 불구하고 네루다, 가르시아 로르카, 페드로 살리나스, 페레 짐페레르를 비롯한 수많은 "메타파의 아이들"을 낳았다. 반시(反詩)를 주창하며 과거의 시적 전통에 전면전을 선포했던 칠레 시인 니카노르 파라조차 "나는 아직 모데르니스모와 결별하지 못했다."라고 토로할 만큼, 오늘에 이르도록 라틴아메리카 시인들은 "영향의 불안"에서 자유롭지 못하다. 그가 떠난 지 한 세기가 가까워오지만 그의 매혹적 언어는 그가 가장 좋아했던 색깔처럼 여전히 푸르다. 그가 없었다면, 가브리엘라 미스트랄, 파블로 네루다, 세사르 바예호, 옥타비오 파스, 니카노르 파라, 에르네스토 카르데날로 이어져 온 라틴아메리카 시문학의 영광은 없었을 것이다. 또 그가 없었다면 라틴아메리카 문학을 세계문학의 중심으로 끌어올린 이른바 '붐' 세대의 놀라운 문학적 성취가 가능했을까? 그가 없었다면 분명 20세기 라틴아메리카 문학의 지형도는 달라졌을 것이다.

6. 루벤 다리오 문학의 생산적인 논의와 연구의 첫걸음

최근 국내에서는 바르가스 요사부터 로베르토 볼라뇨에 이르기까지 라틴아메리카 소설이 활발하게 소개되고 있다. 이러한 작업은 한국문학의 지평을 확장하는 중요한 자양분이 되고 있으며, 우리 작가들이 라틴아메리카 문학의 창의성과 그 영향에 대해 언급

하는 것은 더 이상 낯선 일이 아니다. 그러나 시 장르의 경우는 상황이 크게 다른데, 이는 시가 독서시장에서 갈수록 외면당하고 있는 현실과 무관하지 않다. 실제로 선집의 형태로나마 우리나라에 번역·소개된 라틴아메리카 시인들은 호르헤 루이스 보르헤스, 파블로 네루다, 세사르 바예호, 옥타비오 파스, 니카노르 파라 등 극소수에 불과하다. 그나마 우리 독자들에게 친숙한 네루다조차 순수/참여 논쟁, 리얼리즘/모더니즘 논쟁 등 숱한 이념적 논제에 휘둘려온 우리 문학계의 현실과 맞물려 굴절되고 왜곡된 모습으로 받아들여졌다. 루벤 다리오의 경우는 상황이 훨씬 더 심각하다. 라틴아메리카 문학은 루벤 다리오 이전과 이후로 양분된다는 말이 있을 정도로 중요한 문학사적 위치를 차지하고 있음에도 불구하고, 지금까지 그의 시는 부당하게도 거의 소개되지 않았고 생산적인 논의나 연구는 애당초 기대하기 어려운 것이 현실이다.

많이 늦었지만 라틴아메리카 문학 전공자로서 다소나마 부끄러움을 떨칠 수 있는 소중한 기회를 주신 인천문화재단과 글누림출판사에 깊은 감사를 드린다. 또 시 번역이라는 무모한 작업에 착수할 수 있도록 격려하고 다리를 놓아준 서울대 라틴아메리카연구소의 우석균 교수, 그리고 기꺼이 어설픈 번역원고의 첫 독자가 되어준 황수현 박사, 박세형 군에게도 고마움을 전하고 싶다. 다리오 시의 생명인 리듬감과 다양한 운율을 오롯이 살리지 못한 것은 전적으로 옮긴이의 능력부족 탓이다.

루벤 다리오(Rubén Darío)

1867년 니카라과의 메타파(현재 '다리오 시'로 개명)에서 태어났다. 본명은 펠릭스 루벤 가르시아 사르미엔토(Félix Rubén García Sarmiento). 라틴아메리카와 유럽의 여러 나라에서 기자와 외교관으로 활동하며 많은 시인 · 작가들과 교유했다. 프랑스 상징주의와 고답파의 영향을 받아 라틴아메리카 문학에서 모더니티의 문을 열었으며, 세기말의 혁신적 문학운동인 모데르니스모를 이끌었다. 그를 중심으로 라틴아메리카 문학이 양분될 정도로 독보적인 문학사적 위치를 점하고 있으며, 대서양 너머 이베리아반도의 98세대 작가들에게까지 영향을 끼쳐 스페인어권 문학의 황태자로 불린다. 1916년 49세의 이른 나이에 니카라과의 레온에서 알코올 중독으로 사망했다. 주요 작품으로는 『푸름……』(1888), 『세속적 세켄티아 외』(1896), 『삶과 희망의 노래』(1905), 『방랑의 노래』(1907), 『가을의 시 외』(1910), 『아르헨티나 찬가 외』(1914) 등이 있다.

옮긴이 김현균

서울대학교 서어서문학과를 졸업하고 마드리드 국립대학에서 라틴아메리카 문학으로 박사학위를 취득하였으며, 현재 서울대학교 서어서문학과 교수로 재직 중이다.
『시간의 목소리』, 『부적』, 『네루다 시선』, 『날 죽이지 말라고 말해줘!』, 『아메리카의 나치 문학』, 『아디오스』, 『책과 밤을 함께 주신 신의 아이러니』, 『천국과 지옥에 관한 보고서』, 『빠블로 네루다』(공역), *Tengo derecho a destruirme, Arranca esa foto y úsala para limpiarte el culo* 등의 역서가 있고, 저서로는 『차이를 넘어 공존으로』(공저), 『환멸의 세계와 매혹의 언어』(공저) 등이 있다.

작품 출전(원서 정보)

Rubén Darío, *Obras completas I. Poesía*, Galaxia Gutenberg, Barcelona, 2007.

인천문화재단 AALA문학총서 ❻
봄에 부르는 가을 노래
루벤 다리오 시선 Antología poética de Rubén Darío

초판 발행 2012년 12월 10일

지 은 이 루벤 다리오(Rubén Darío)
옮 긴 이 김현균
기　　획 (재)인천문화재단
펴 낸 이 최종숙
펴 낸 곳 글누림출판사

책임편집 이태곤
편　　집 임애정 권분옥 이소희 박선주
디 자 인 안혜진 이홍주
마 케 팅 박태훈 안현진 김종훈
관　　리 이덕성

주　소 서울시 서초구 반포4동 577-25 문창빌딩 2층(137-807)
전　화 02-3409-2055(대표), 2058(영업), 2060(편집)
팩　스 02-3409-2059
전자메일 nurim3888@hanmail.net
홈페이지 www.geulnurim.co.kr
등록번호 제303-2005-000038호(2005.10.5)

정　가 10,000원
ISBN 978-89-6327-213-9 04800
　　　978-89-6327-185-9(세트)

출력 · 알래스카 인쇄 · 한교원색 제책 · 동신제책사 용지 · 에스에이치페이퍼

* 잘못된 책은 교환해 드립니다.